Kopfsprung ins Glück

1.Teil

Es war noch sehr früh am Morgen. Trotzdem hielt mich nichts mehr im Bett, denn die Sonne strahlte von einem veilchenblauen Himmel.

Ich musste lächeln. Ein kleiner Spatz saß auf meiner Fensterbank und schaute neugierig ins Zimmer. Als ich mich bewegte, erschrak er und flog davon.

Ich stand auf und ging in die Küche. Es war gerade sechs Uhr. Normalerweise stand ich immer erst eine Stunde später auf.

Ich kochte mir einen Kaffee und nahm den Orangensaft aus dem Kühlschrank, damit er nicht so kalt war, wenn Leo ihn später zum Frühstück trinken würde.

Leo war jetzt schon fast elf Jahre. Seit der Scheidung von Matthias vor drei Jahren lebte ich mit unserem Sohn in einer kleinen Altbauwohnung in der Innenstadt von Wiesbaden.

Ich mochte die Tatsache, dass wir zu Fuß oder mit dem Bus, schnell alle Orte des öffentlichen Lebens erreichen konnten. Ein Auto konnte ich mir nicht leisten.

Ich arbeitete vormittags in einer Buchhandlung gleich um die Ecke. Meine Arbeitszeit konnte ich mir so einteilen, dass ich nachmittags, wenn Leo aus der Schule kam, zuhause war.

Ich schüttete mir einen Kaffee ein und setzte mich an den Küchentisch.

Meine Gedanken wanderten zurück zu dem Tag, als mein Mann Matthias mir offenbarte, dass er eine andere Frau liebt. Es war eine Stewardess, die er auf einem seiner Flüge kennengelernt hatte.

Matthias war Pilot.

Er erfüllte damit das gängige Klischee und ich war wie vor den Kopf geschlagen. Ich konnte tagelang nicht aufhören zu weinen und war völlig verzweifelt. Ich hatte Angst, dass ich alleine nicht zurechtkommen würde.

Aber nach anfänglichen Schwierigkeiten, bekam ich alles in den Griff. Mittlerweile fragt Leo auch nicht mehr so oft nach seinem Vater.

Nach der Trennung besuchte Matthias Leo noch regelmäßig oder er verbrachte die Wochenenden gemeinsam mit ihm und seiner neuen Freundin Sonja.

Nach den ersten Monaten wurden die Besuche seltener und die Wochenenden, die Leo bei seinem Vater verbrachte, konnte man an einer Hand abzählen.

Sonja mochte keine Kinder und wollte Matthias nicht mit Leo teilen.

„Annika, du verstehst das nicht, aber Sonja kommt nicht gut mit Leo zurecht. Es ist besser, wenn er nicht mehr zu uns kommt.

Ich hole ihn ab sofort nur noch bei Dir ab und unternehme dann allein etwas mit ihm", hatte Matthias gesagt.

Ich war maßlos enttäuscht. Wie konnte Matthias seine neue Freundin seinem Sohn vorziehen?

Ich trank einen Schluck Kaffee und schaute auf die Uhr. Gleich musste ich Leo wecken.

Mit einem Seufzer stand ich auf und ging durch den Flur zu Leos´ Kinderzimmer.

Ich öffnete leise die Tür und schaute hinein. Leo hatte sich wie immer die Decke über den Kopf gezogen.

Ich berührte ihn vorsichtig.

„Leo, Schatz es ist gleich sieben Uhr. Du musst aufstehen!"

Er bewegte sich unter der Decke und brummte:

„Ich bleib noch fünf Minuten liegen."

Ich musste grinsen. Das sagte er fast jeden Morgen.

„Okay, aber dann geh bitte ins Badezimmer und komm frühstücken!"

Ich zog den Vorhang zur Seite. Schlagartig wurde es hell im Zimmer.

„Mama! Du bist gemein!" murrte Leo unter seiner Decke.

„Sag das mal Deinen Lehrern. Ich würde Dich gern länger schlafen lassen, aber die Schule ruft!" antwortete ich.

Dann ging ich zurück in die Küche und bereitete das Frühstück vor.

Ich hörte wie Leo nach kurzer Zeit ins Badezimmer schlurfte. Fünf Minuten später kam er grinsend in die Küche.

„Heute haben wir nur fünf Stunden. Chemie fällt aus. Die Schneider ist krank."

Leo ging seit letztem Jahr auf ein Gymnasium. Er kam gut mit und lernte gern.

Ich wuschelte ihm durch seinen Lockenkopf.

„Dann bist Du früher zuhause als ich.

Du könntest ja dann schon mal die Hausaufgaben machen.

Vielleicht könnten wir dann heute bei dem schönen Wetter etwas unternehmen?" fragte ich.

Leo nickte begeistert.

„Sollen wir eine Radtour machen?" wollte er wissen.

„Gute Idee. Wir könnten am Rhein entlang radeln und später ein Eis essen!"

Leo hatte sich in der Zwischenzeit ein Toast mit Marmelade geschmiert und trank ein Glas Orangensaft.

Ich packte etwas Obst in eine Plastikdose und steckte sie in Leos´ Schultasche.

„Hast Du alles eingepackt? Auch Dein Sportzeug?" fragte ich.

Leo verdrehte die Augen.

„Claro!" sagte er genervt. „Sporttasche hängt schon vorn an der Garderobe."

Ich lächelte und ging ins Badezimmer. Dann duschte ich und machte mich zurecht.

Leo klopfte an die Badezimmertür und rief:

„Ich bin dann weg. Bis heute Mittag!"

„Pass auf Dich auf!" rief ich zurück.

Ich hörte wie Leo die Wohnungstür hinter sich schloss. Dann wurde es auch für mich Zeit mich anzuziehen.

In meinem Schlafzimmer stand ich vor der Spiegeltür meines Kleiderschranks. Ich war zufrieden mit dem, was ich sah. Ich war schlank und sportlich. Meine langen blonden Haare umrahmten ein schmales Gesicht mit blauen Augen.

Matthias neue Freundin war genau das Gegenteil von mir. Sie war ein südländischer Typ mit einer dunklen Mähne.

Ich hatte sie einmal gesehen, als Matthias Leo abgeholt hatte. Sie saß im Auto. Als Leo einstieg, schaute sie mürrisch.

Ich verscheuchte den Gedanken und nahm ein Kleid aus dem Schrank.

Heute war es schon früh am Morgen sehr schwül. Es war Ende Juni und nächste Woche begannen die Schulferien. Ich hatte dann auch zwei Wochen Urlaub und freute mich schon, die Zeit mit Leo zu verbringen. Den Rest der Ferien verbrachte Leo dann bei meinen Eltern an der Ostsee.

Nach der Pensionierung meines Vaters, er war Oberstudienrat, hatten sich meine Eltern einen Traum erfüllt und sind ans Meer gezogen. Sie wohnten in einem kleinen Ort in der Nähe von Flensburg. Leo war gern bei Ihnen. Er war ihr einziger Enkel und meine Eltern verwöhnten ihn sehr.

Ich drehte mich vor dem Spiegel hin und her und sagte zu mir:

„Nicht schlecht, Annika. Geh raus und genieß den Tag!"

In der Buchhandlung saß mein Kollege Richard schon am Computer. Als ich eintrat, hob er den Kopf und grinste.

„Hallo Annika! Hast Du heute ein Date?" fragte er.

„Nein, warum?" wollte ich wissen.

„Du siehst toll aus. Das Kleid ist sehr sexy!"

Richard war ein gutaussehender Mann und schwul.

Er machte daraus kein Geheimnis und flirtete mit fast jedem Mann, der in den Laden kam.

Ich mochte ihn sehr und freute mich über sein Kompliment.

„Danke Richard. Du bist ein Schatz!"

Er warf mir eine Kusshand zu und vertiefte sich wieder in die Bestellungen für den Großhandel.

Ich ging in unser Büro und nahm eine Tasse aus dem Schrank.

Dann schüttete ich mir einen Kaffee ein, den Richard schon gekocht hatte.

Gestern war neue Ware gekommen.

Ich öffnete die Kartons und sortierte die Bücher nach Genre. Dann legte ich sie auf einen Rollwagen und schob diesen in den Verkaufsraum.

Richard half mir beim Einräumen. Er war fast zwei Meter groß und kam auch ohne Leiter an die oberen Regale.

Eine Glocke bimmelte, als sich die Ladentür öffnete.

Ich drehte mich um. Ein attraktiver Mann trat in den Laden und schlenderte zu einem Regal mit Fachliteratur.

Richard seufzte.

„Der ist Hetero! Das sehe ich direkt. Geh Du hin und frag was er sucht!" sagte er enttäuscht.

Ich musste grinsen und ging hinüber zu dem Kunden.

„Kann ich Ihnen weiterhelfen? Suchen Sie etwas Bestimmtes?" fragte ich.

Der Mann drehte sich zu mir um und musterte mich.

Er hatte dunkle Augen, die genervt schauten. Dann verzog er spöttisch den Mund und antwortete unfreundlich:

„Nein! Ich komme gut allein zurecht!"

Ich war irritiert. Was für ein arroganter Kerl!

„Na dann brauchen Sie mich ja nicht!" sagte ich und ging zurück zu Richard.

„Der Typ ist ein Hauptgewinn! Was sucht er denn?" fragte Richard und schaute schwärmerisch in Richtung des Kunden.

„Das wollte er mir nicht sagen. Er kommt anscheinend allein zurecht und war sehr unfreundlich", antwortete ich beleidigt.

Richard zuckte mit den Schultern und ich ging zurück ins Büro. Als ich mich noch einmal umdrehte, sah ich, wie der Kunde ohne ein Wort den Laden verließ.

„Auf Wiedersehen!" rief ich ihm nach.

Richard runzelte die Stirn. Dann gab er mir einen Kuss auf die Wange.

„Wie kann man nur so gut aussehen und dann so ein Ekel sein! Komm Annika, wir lassen uns den schönen Tag nicht vermiesen!" sagte er.

Der Vormittag verging schnell. Es kamen noch einige Kunden und wir hatten gut zu tun. So kurz vor den Ferien wurden viele Bücher als Urlaubslektüre gekauft.

Auf dem Heimweg ging ich einkaufen. Als ich die Wohnungstür aufschloss, hörte ich Leos´ Stimme. Er unterhielt sich mit jemanden.

Ich klopfte an Leos´ Zimmertür und schaute verwundert. Ein Junge, den ich nicht kannte, saß auf Leos´ Bett und lächelte mich an.

„Das ist Anton! Er ist seit letzter Woche neu in meiner Klasse!" stellte Leo mir den Jungen vor.

Anton stand auf und gab mir höflich die Hand.

„Guten Tag Frau Weiler!" sagte er leise.

„Hallo Anton! Schön Dich kennen zu lernen. Seid Ihr erst hierher gezogen?" fragte ich.

Anton nickte.

„Mein Vater leitet eine große Firma. Hier gibt es eine Niederlassung. Bisher haben wir in Berlin gewohnt."

„Dann herzlich Willkommen in Hessen. Ich hoffe Du gewöhnst Dich schnell ein und fühlst Dich hier wohl", sagte ich.

Leo legte seinen Arm um Antons Schulter.

„Ich passe auf Dich auf!" sagte er ernsthaft.

Ich musste schmunzeln. Bei Kindern ging immer alles so schnell.

Wir Erwachsenen brauchten viel länger um Freundschaft zu schließen.

„Möchtest Du mit uns essen?" fragte ich Anton.

Der nickte schüchtern und sagte:

„Sehr gern. Ich bin nachmittags immer allein. Mein Vater kommt immer erst sehr spät nach Hause."

Ich schaute erstaunt.

„Und Deine Mutter?" fragte ich.

„Meine Mutter ist vor drei Jahren gestorben."

Anton schaute traurig auf den Boden.

„Das tut mir sehr leid!" sagte ich und hatte ein schlechtes Gewissen, dass ich gefragt hatte.

„Was gibt es denn zum Mittag?" fragte Leo.

„Was haltet ihr von Lasagne?" Ich schaute die beiden Jungen abwechselnd an.

Beide nickten begeistert.

„Dann geh ich mal in die Küche. Ich rufe Euch, wenn ich fertig bin!"

Ich schloss die Zimmertür hinter mir und seufzte.

Der arme Anton. So früh seine Mutter zu verlieren war furchtbar.

Ich bereitete die Lasagne vor und schob sie in den Backofen.

Dann nahm ich mir ein Glas Orangensaft und setzte mich auf unseren kleinen Balkon.

Meine Nachbarin Elke saß ebenfalls in der Sonne und stillte ihre Tochter.

Als sie mich sah, lächelte sie und sagte:

„Hallo Annika! Alles okay bei Euch?"

„Alles bestens. Geht es Euch auch gut?"

„Anne wächst und gedeiht. Sie hat immer Hunger", antwortete Elke und lächelte stolz.

„Sie ist wirklich entzückend!" sagte ich und setzte mich in den Schatten.

„Heute Morgen war übrigens Dein Ex hier. Ich war im Treppenhaus und habe gesehen, das er geklingelt hat."

Elke schaute fragend zu mir hinüber.

„Keine Ahnung was er wollte. Das Leo um diese Zeit in der Schule ist, sollte er wissen!" sagte ich.

Trotzdem fragte ich mich, was Matthias gewollt hatte. Er kam sonst nie unangemeldet.

Ich legte die Beine auf einen kleinen Hocker und blinzelte in die Sonne.

Fast wäre ich eingeschlafen, als ich den leckeren Duft aus der Küche schnupperte.

Ich verabschiedete mich von Elke und ging zurück an den Herd.

Ich deckte den Tisch und holte dann die beiden Jungen zum Essen.

Anton machte große Augen.

„Danke Frau Weiler. Das sieht superlecker aus!" sagte er.

Ich lächelte. Anton war wirklich gut erzogen.

„Ich wünsche Euch einen guten Appetit. Haut rein!" antwortete ich.

Es war für mich immer wieder erstaunlich, wie viel die Jungen essen konnten. In kurzer Zeit hatten sie eine riesige Portion verputzt.

Leo streichelte sich über den Bauch und rülpste.

„Hallo Leo Weiler! Muss das sein?" fragte ich streng.

Leo grinste und sagte scheinheilig: „Die Luft muss raus, sonst bekommt man Bauchweh!"

Anton nickte zustimmend und stupste Leo grinsend an.

„Ihr Beiden seid Euch ja anscheinend einig!" sagte ich und drehte mich zur Seite, damit sie nicht sahen, dass ich ebenfalls grinsen musste.

„Kann Anton mit uns heute die Radtour machen?" fragte Leo.

Ich schaute zu Anton und fragte:

„Hast Du denn ein Fahrrad?"

„Mein Rad steht bei uns in der Garage. Ich fahre mit dem Bus nach Hause und hole es. Könnten Sie mich dann dort abholen?" fragte Anton schüchtern.

„Natürlich machen wir das. Sag mir Deine Adresse. Wir fahren aber erst etwas später los. Dann ist es nicht mehr so heiß!"

Anton holte ein Stück Papier aus seiner Schultasche, die im Flur stand und schrieb seine Adresse auf. Dann reichte er mir den Zettel hinüber.

Ich las die Adresse und bekam große Augen.

„Dort wohnst Du?" fragte ich. „Da stehen doch nur Villen!"

Anton wurde rot.

„Wir wohnen auch in einer Villa. Aber ihre Wohnung ist auch schön."

Anton versuchte mich zu trösten. Das rührte mich sehr. Er war ein lieber Junge.

„Ich freue mich, wenn Du mitkommst", sagte ich ehrlich.

Kurze Zeit später nahm Anton seine Schultasche und verabschiedete sich.

Ich räumte das Geschirr in die Spülmaschine und ging dann unter die Dusche. Danach schaute ich ins Kinderzimmer und lächelte.

Leo lag auf seinem Bett und las in einem Comic Heft.

Ich legte mich auch auf die Couch im Wohnzimmer, weil ich durch die Hitze müde geworden war. Ich war kurz eingeschlafen, als ich vom Klingeln des Telefons geweckt wurde.

Es war Matthias.

„Hallo Annika. Wie geht's? Was macht Leo?" fragte er.

„Uns geht es gut. Warum rufst Du an. Ich habe gehört, dass Du heute Morgen hier warst!" sagte ich gereizt.

Matthias atmete schwer. Es dauerte lange bis er antwortete.

„Ich wollte mit Dir reden. Hast Du heute Abend Zeit?" fragte er leise.

„Ich mache gleich mit Leo und seinem neuen Freund eine Radtour. Ich weiß nicht, wann ich wieder Zuhause bin!" sagte ich.

„Können wir danach irgendwo etwas trinken gehen? Vielleicht im Biergarten?"

Matthias ließ nicht locker.

„Okay, so gegen acht Uhr im Kastanien Hof?" fragte ich. „Die haben einen schönen Außenbereich."

Ich hörte wie Matthias erleichtert durchatmete.

„Danke Annika! Bis heute Abend!"

Eine halbe Stunde später radelten Leo und ich in Richtung Villenviertel. Hier wohnten die Reichen und Schönen. Als wir das Haus erreichten, in dem Anton wohnte, machten wir große Augen.

„Das ist ja ein Schloss!" sagte Leo, als er vom Fahrrad stieg. „Antons Vater ist bestimmt reich!"

Ich war ebenfalls beeindruckt. Die historische Villa lag mitten in einem großen, gepflegten Garten. Im hinteren Bereich war ein Teich zu erkennen.

„Ich hole Anton!" sagte Leo.

Er schob sein Fahrrad die Auffahrt hinauf. Ich sah, wie er zur großen Eingangstür ging und die Klingel suchte. Er schaute ratlos. In diesem Moment öffnete sich die Tür und Anton kam heraus. Er ging mit Leo um das Haus herum und kurze Zeit später kamen die Beiden zurück. Anton hatte sein Fahrrad geholt und folgte jetzt Leo zurück zu mir auf die Straße.

„Dann kann es ja losgehen!" sagte ich und stieg auf mein Rad.

Wir fuhren zum Rheinufer und dann auf einem Fahrradweg in Richtung Rheingau. Die Jungen traten ganz schön in die Pedale und ich kam ins Schwitzen. Ich ließ sie vorfahren und genoss die Aussicht auf den Rhein und die Weinstöcke, die sich allmählich an die Hänge schmiegten.

Hier wurde in der Hauptsache Riesling angebaut. Ich war als Jugendliche oft hier zur Weinlese. Meine Freundinnen und ich haben uns immer ein Taschengeld dazu verdient. Es war eine anstrengende Arbeit.

Ich fuhr etwas schneller, weil ich die beiden Jungen nicht aus den Augen verlieren wollte. Leo und Anton schienen sich gut zu verstehen. Das war schön, denn nach der Scheidung war Leo eine Zeitlang sehr in sich gekehrt und hatte Schwierigkeiten auf andere Kinder zuzugehen. Es wäre gut für ihn, wenn er einen richtigen Freund hätte.

Ich seufzte und versuchte die Beiden einzuholen.

Leo drehte sich zu mir um und fuhr etwas langsamer.

„Wollen wir in Rüdesheim ein Eis essen?" fragte ich außer Atem, als ich die Beiden erreicht hatte.

Leo und Anton nickten begeistert.

Den Rest der Strecke fuhren wir gemeinsam weiter. Es waren heute viele Radfahrer unterwegs. Jeder versuchte das schöne Wetter auszunutzen.

Als wir in Rüdesheim ankamen, stellten wir unsere Räder in einer Seitenstraße ab und gingen zu Leos´ Lieblingseisdiele. Hier war es brechend voll und wir mussten lange warten, bis wir an der Reihe waren.

Mit unseren Eisbechern setzten wir uns auf eine Wiese am Rhein und ließen es uns gut gehen.

„Heute war ein richtig schöner Tag für mich!" sagte Anton. „Schade, dass mein Vater immer so viel arbeiten muss."

„Er hat wenig Zeit für Dich?" fragte ich nach.

Anton nickte.

„Wir haben ein Kindermädchen und eine Köchin. Aber ich würde viel lieber etwas mit meinem Vater unternehmen. Er hatte in Berlin schon wenig Zeit, aber hier ist es noch schlimmer."

Anton schaute traurig hinauf in die Baumkrone über uns. Er tat mir auf einmal sehr leid.

„Leo und ich würden uns freuen, wenn Du öfter zu uns kommst. Natürlich nur wenn es Dir Recht ist!" sagte ich.

Leo schaute begeistert und klopfte Anton auf die Schulter.

„Es sind ja bald Ferien. Dann können wir viel zusammen unternehmen. Ins Schwimmbad gehen oder so."

Anton lächelte glücklich.

„Das wäre toll. Dann freue ich mich jetzt doch auf die Ferien!" sagte er.

Ich musste lächeln, denn es machte mir Freude zu sehen, wie fröhlich Anton auf einmal aussah.

Wir saßen noch eine Weile im Gras. Fast hätte ich vergessen, dass ich mich noch mit Matthias treffen wollte. Ich schaute auf die Uhr.

Es war Zeit, wieder zurück zu fahren.

Wir brachten Anton nach Hause. Vor der Villa stand eine Limousine. Anscheinend war Antons Vater jetzt zuhause.

Wir warteten noch bis Anton im Haus verschwunden war und fuhren dann zurück zur Wohnung.

Ich war ziemlich müde nach der Radtour und durch die Hitze. Eigentlich hatte ich keine Lust, noch einmal los zu müssen.

Nach einer Dusche ging es mir besser. Außerdem war ich gespannt, warum sich Matthias mit mir treffen wollte.

„Leo, ich muss nochmal los. Ich bin aber gegen zehn Uhr wieder zurück. Du kannst mich auf dem Handy anrufen, wenn etwas sein sollte."

„Wo gehst Du denn hin?" wollte er wissen.

Ich überlegte kurz, dann sagte ich ihm die Wahrheit.

„Ich treffe mich mit Deinem Vater. Er hat heute angerufen, weil er mir etwas sagen wollte", antwortete ich.

Leo schaute irritiert.

„Vielleicht will er mich wieder öfter sehen?" fragte er hoffnungsvoll.

Das was er sagte, traf mich wie ein Stich ins Herz. Mir wurde wieder bewusst, wie sehr Leo sein Vater fehlte.

„Wir werden sehen. Ich bleibe nicht lange weg und erzähle Dir dann morgen, was er wollte. Gehst Du bitte um neun ins Bett?" fragte ich.

„Geht auch viertel nach neun?"

Ich musste lächeln.

„Ausnahmsweise. Aber nicht später, versprochen?"

Leo verdrehte die Augen, dann nickte er.

Ich zog eine Jeans und eine ärmellose Bluse an und radelte zu dem Biergarten, den ich Matthias vorgeschlagen hatte.

Matthias wartete schon am Eingang des Lokals.

„Hallo Annika, du siehst sehr hübsch aus!" begrüßte er mich.

„Danke Matthias!" antwortete ich. „Wo wollen wir uns hinsetzen?"

Matthias schaute sich um und deutete dann zu einem kleinen Tisch unter einer Kastanie.

„Hier sind wir ungestört!" sagte er.

Wir setzten uns auf die etwas unbequemen Stühle und bestellten bei der Kellnerin zwei Gläser Wein.

Die kam nach kurzer Zeit wieder und stellte den Wein vor uns auf den Tisch.

Matthias hob sein Glas und sagte:

„Auf das Leben!"

Dabei machte er aber ein unglückliches Gesicht.

„Was ist los? Du hast doch irgendwas!" sagte ich genervt.

Matthias rutschte auf seinem Stuhl hin und her. Er war angespannt und suchte nach den richtigen Worten.

„Sonja hat mich verlassen!" sagte er dann leise. „Sie hat einen anderen!"

Ich schluckte. Damit hatte ich überhaupt nicht gerechnet.

„Soll ich Dich jetzt bedauern?" fragte ich.

„Ich wollte nur, dass Du es weißt. Erst jetzt kann ich nachempfinden, wie Du Dich damals gefühlt haben musst!"

Ich ließ mir Zeit mit der Antwort.

„Es gibt nichts Schlimmeres, als betrogen zu werden. Man ist hilflos und überlegt ständig, was man falsch gemacht hat. Es war eine furchtbare Zeit, aber jetzt geht es mir wieder gut. Das wird Dir auch so gehen, auch wenn Du es im Moment vielleicht nicht glauben kannst."

Matthias hatte Tränen in den Augen.

„Ich weiß, dass ich mich schäbig verhalten habe. Ich möchte mich dafür bei Dir entschuldigen."

„Ein bisschen spät, oder?" fragte ich.

Matthias nickte.

„Wohnt Sonja denn noch bei Dir im Haus?" fragte ich.

„Sie ist ausgezogen, als ich in Südamerika war. Sie hat all ihre Sachen mitgenommen und mir einen Zettel auf den Küchentisch gelegt. Der neue Mann ist ein Kollege von mir. Sie scheint auf Piloten zu stehen!" sagte Matthias bitter.

„Das ist alles nicht schön, aber erwarte nicht, dass ich Dich jetzt tröste. Dafür ist zu viel passiert. Ich hoffe Du kommst schnell darüber hinweg", antwortete ich und trank den Rest Wein aus meinem Glas.

„Kann Leo vielleicht am Wochenende zu mir kommen?" fragte Matthias.

„Ich frage ihn, ob er das möchte!" antwortete ich, dann stand ich auf und nahm meine Tasche.

„Du kannst ja morgen Abend mal anrufen, dann sage ich Dir Bescheid."

„Danke Annika. Ich melde mich morgen", sagte Matthias traurig.

Ich drehte mich um und ging zurück zu der Stelle, wo ich mein Fahrrad abgestellt hatte.

Es gab mal eine Zeit, da wäre ich glücklich gewesen, wenn diese Sonja von der Bildfläche verschwunden wäre. Jetzt war es mir egal. Aber ich hatte die Hoffnung, dass Leo endlich wieder mehr Kontakt zu seinem Vater haben würde.

Am nächsten Tag hatte ich frei. Nachdem Leo in die Schule gegangen war, holte ich meine Schwimmsachen aus dem Schrank.

Schwimmen war schon immer meine große Leidenschaft.

Als Kind war ich im Schwimmverein und hatte später als Jugendliche ein paar Erfolge bei Wettkämpfen.

Während meiner Ausbildung zur Buchhändlerin war das Interesse etwas eingeschlafen.

Ich hatte in dieser Zeit auch meinen ersten Freund. Da gab es wenig Zeit, um ins Schwimmbad zu gehen. Aber es war immer mein größtes Hobby geblieben.

Seit meiner Trennung von Matthias ging ich wieder regelmäßig schwimmen. Heute an meinem freien Tag war es wieder soweit.

Ich packte meine Sachen in meinen Rucksack und radelte zum Hallenbad. Ich war in wenigen Minuten dort angekommen und stellte das Rad vor der Halle ab.

Im Eingangsbereich roch es wie in jedem Hallenbad nach Chlor und Putzmittel.

Ich zeigte meine Dauerkarte an der Kasse vor und ging dann zu den Umkleidekabinen.

Nachdem ich meinen Badeanzug angezogen hatte, schloss ich meinen Rucksack und meine Kleidung in einem Schrank ein.

Es war heute relativ leer.

Mitten in der Woche waren sonst nur ein paar Rentner unterwegs. Manchmal auch eine Schulklasse.

Heute war ich fast allein. Außer mir schwammen nur noch zwei Personen ihre Bahnen.

Das Wasser war angenehm kühl. Ich wartete fünf Minuten und dann schwamm ich los. Mein Ziel war wie immer, mindestens vierzig Bahnen zu schaffen.

Als ich am Beckenrand eine Wendung machen wollte, sprang plötzlich Jemand kurz vor mir mit einem Kopfsprung ins Wasser. Ich war sehr erschrocken und schluckte Wasser.

„Was fällt Ihnen ein? Das Springen vom Beckenrand ist verboten!" rief ich empört.

Der Mann, der sich jetzt im Wasser umdrehte, antwortete höhnisch:

„Sind Sie von der Schwimmbad-Polizei?"

„Haben Sie nicht gemerkt, dass Sie fast auch mich drauf gesprungen wären?" fragte ich wütend.

Der Mann schwamm auf mich zu und plötzlich erkannte ich ihn. Es war der unfreundliche Kunde aus dem Buchladen.

„Ich habe Sie nicht gesehen. Es ist ja auch nichts passiert."

Keine Entschuldigung kam über seine Lippen. Was für ein arroganter Kerl.

Ich wollte gerade noch etwas sagen, da drehte der Mann sich um und schwamm einfach davon.

Ich schloss meinen Mund wieder und ärgerte mich, dass ich ihm keine passende Antwort mehr geben konnte.

Ich schwamm noch einer Weile weiter und absolvierte mein Programm.

Als ich aus dem Becken kletterte, merkte ich, wie der Mann mich vom Wasser aus unverhohlen von oben bis unten musterte. So eine Unverschämtheit!

„Haben Sie jetzt alles gesehen oder soll ich mich nochmal umdrehen?" fragte ich wütend.

Der unverschämte Kerl grinste jetzt auch noch überheblich und sagte:

„Sie haben eine tolle Figur. Aber bilden Sie sich nicht zu viel darauf ein!"

Ich wurde rot vor Wut und wollte etwas entgegnen. Aber mir fehlten sie Worte. Außerdem war dieser Flegel schon wieder weiter geschwommen.

Ich ging in die Umkleidekabine und hoffte, dass ich diesen Kerl nicht nochmal wieder sehen würde.

Am Nachmittag, als Leo aus der Schule kam, erzählte ich ihm, dass sein Vater ihn sehen wollte.

Ich sagte ihm auch, dass Matthias sich von Sonja getrennt hatte.

Leo machte große Augen und dann grinste er.

„Ist er die blöde Ziege endlich losgeworden?" fragte er sichtlich erleichtert.

Ich musste schmunzeln.

„Dein Vater ist sehr traurig, dass Sonja nicht mehr da ist. Auch wenn Du sie nicht mochtest, hab Verständnis dafür. Möchtest Du denn das Wochenende mit Deinem Vater verbringen?" fragte ich.

„Ja, super gern. Ich glaube Papa braucht jetzt Jemanden, der ihn tröstet", antwortete Leo ernsthaft.

Ich war in diesem Moment sehr stolz auf meinen Sohn.

„Dann sage ich deinem Vater heute Abend Bescheid oder willst Du vielleicht selbst mit ihm telefonieren?"

Leo nickte.

„Dann machen wir das so. Ab Montag hast Du ja Ferien und ich Urlaub. Dann machen wir uns eine schöne Zeit"

Ich streichelte Leo über den Kopf.

„Anton hat heute gefragt, ob er wieder zu uns kommen darf?" sagte Leo.

„Von mir aus gern. Er ist wirklich ein netter Junge. Wenn Du es auch möchtest, dann könnt ihr euch gern verabreden."

„Eigentlich wollte Anton mit seinem Vater nach Sylt fahren. Aber es ist mal wieder etwas dazwischen gekommen", sagte Leo und verdrehte die Augen.

„Der arme Junge!" antwortete ich. „Er tut mir wirklich leid."

Leo stand auf und nahm mich in den Arm.

„Ich bin froh, dass ich Dich habe. Ich kann mir gar nicht vorstellen, dass Anton keine Mutter hat. Sein Vater ist auch immer beschäftigt."

Ich drückte Leo fest.

„Dann kümmern wir uns ein bisschen um ihn!" sagte ich leise.

Am Abend rief Leo seinen Vater an und verabredete sich für das Wochenende.

Matthias wollte mit ihm in einen Freizeitpark fahren.

Also war ich nach langer Zeit am Wochenende mal wieder allein. Es war ganz ungewohnt.

Matthias hatte Leo am Freitagabend abgeholt und wollte ihn am Sonntag wieder zurück bringen.

Am Samstagmorgen nutzte ich die freie Zeit und ging wieder schwimmen.

Am Nachmittag rief meine Freundin Andrea an und wir verabredeten uns für den Abend. Wir wollten in eine Bar in der Innenstadt gehen. Dort waren wir früher öfter.

Da es weiterhin sehr warm war, zog ich ein leichtes Sommerkleid und Sandaletten an. Heute konnte ich zu Fuß gehen, denn die Bar lag nur wenige Minuten von meiner Wohnung entfernt.

Ich wartete etwa fünf Minuten vor dem Eingang, da sah ich Andrea winkend auf mich zukommen.

Auch sie hatte sich schick gemacht. Sie trug eine Bluse und einen Minirock.

„Hallo Annika, wartest Du schon lange?" fragte Andrea und umarmte mich.

„Ich bin auch gerade erst gekommen", antwortete ich.

„Du siehst sexy aus!" sagte Andrea. Sie zwinkerte mir zu. „Wenn die Männer nicht blind sind, dann wirst Du heute viel flirten können!"

„Ich weiß gar nicht, ob ich das will. Vielleicht übernimmst Du diesen Part und ich trinke in der Zeit ein paar Cocktails."

Andrea lachte laut.

„Du bist so eine schöne Frau. Hast Du keine Lust Dich wieder zu verlieben?" fragte sie.

„Ich weiß es wirklich nicht. Ich habe mir mein Leben mit Leo in den letzten Jahren so eingerichtet, dass es mir gut geht. Ich habe irgendwie auch Angst vor einer weiteren Enttäuschung."

„Das glaube ich Dir. Ich kann leider gar nicht gut allein sein."

Andrea schaute geknickt. Sie hatte in den letzten Monaten immer mal wieder einen neuen Freund. Ich hatte bisweilen den Überblick verloren. Im Moment war sie wieder Single. Wir hatten uns während der Ausbildung zur Buchhändlerin kennen gelernt. Wir waren in der gleichen Berufsschulklasse und hatten uns von Anfang an gut verstanden.

„Komm, lass uns reingehen!" sagte Andrea und hakte sich bei mir ein.

In der Bar war es schon ziemlich voll.

Wir setzten uns an einen kleinen Tisch in der Nähe der Theke. Ein Kellner brachte uns die gewünschten Cocktails.

Es lief schöne Lounge Musik und ich entspannte langsam. Nach dem zweiten Cocktail wurde ich lockerer. Nach einer Weile wurde Andrea von einem jungen Mann zum Tanzen aufgefordert. Ich saß allein am Tisch und beobachtete die Gäste. Mein Blick schweifte zum Nebentisch. Hier saß eine Gruppe Männer in Anzügen.

Ich traute meine Augen nicht, denn dort saß auch dieser unfreundliche Kerl, den ich eigentlich nicht wieder sehen wollte.

Im gleichen Augenblick hatte er mich auch erkannt. Seine Mundwinkel verzogen sich spöttisch. Er hob lässig sein Glas und prostete mir zu.

Ich schaute schnell zur Seite, aber mein Herz klopfte auf einmal ziemlich laut. Was sollte das denn?

Ich stand auf und ging zu den Waschräumen. Langsam hatte ich mich wieder gefangen.

Eigentlich hätte ich diesem Kerl meinen Cocktail über den Kopf schütten sollen. Warum machte er mich so nervös?

Ich ging zur Toilette und legte noch etwas Makeup nach. Als ich wieder aus dem Waschraum trat, stand dieser Mann im Gang und schien auf mich zu warten.

Ich wurde knallrot und war froh, dass man es bei dem schummrigen Licht nicht erkennen konnte.

„Verfolgen Sie mich?" fragte der Mann und grinste.

„Warum sollte ich? Ich bin ja nicht von der Bar-Polizei!" sagte ich.

Der Mann lachte laut.

„Sie sind auf jeden Fall schlagfertig. Jetzt, wo wir uns schon so oft über den Weg gelaufen sind, sollte ich mich mal vorstellen!" sagte er. „Ich heiße Manuel."

„Ich wüsste nicht, warum ich Ihnen meinen Namen sagen sollte. Sie waren ja bisher nicht besonders freundlich."

„Vielleicht kann ich es wieder gut machen?" fragte Manuel. Er schaute ziemlich zerknirscht.

Ich musste lächeln.

„Ich heiße Annika und hätte gern ein Glas Champagner!" antwortete ich.

Manuel grinste.

„Das halte ich für angemessen!" antwortete er.

Manuel brachte mich zurück zu meinem Tisch und ging dann an die Theke.

Kurze Zeit später brachte mir der Kellner ein Glas Champagner. Ich nahm das Glas und prostete Manuel, der wieder neben den anderen Männern Platz genommen hatte, zu.

Er lächelte und hob ebenfalls sein Glas.

In der Zwischenzeit war Andrea wieder zurückgekommen. Sie schaute verwundert auf mein Glas.

„Seit wann trinkst Du denn Champagner?"

„Den hat mir Jemand geschuldet. Ich habe einfach das teuerste Getränk von der Karte gewählt!" sagte ich geheimnisvoll.

Andrea lachte.

„Etwa der gutaussehende Typ vom Nebentisch?" fragte sie. „Der schaut schon die ganze Zeit herüber."

Ich nickte.

„Das scheint irgendein Geschäftsmann zu sein. Die sehen alle so aus, als ob sie direkt vom Büro hierhergekommen sind", sagte Andrea.

Ich wollte etwas darauf antworten, aber Andreas´ Verehrer holte sie wieder auf die Tanzfläche.

„Ich wollte mich nur verabschieden!" hörte ich auf einmal eine Stimme neben mir.

Manuel stand an meinem Tisch und beugte sich zu mir hinunter.

„Auf Wiedersehen Annika!" flüsterte er mir ins Ohr.

Ein Schauder lief über meinen Rücken. So etwas hatte ich bisher nur gespürt, wenn Matthias mir so nahe kam.

Manuel war schon wieder zu den anderen Männern zurückgegangen, aber er drehte sich noch einmal zu mir um.

Ich hob die Hand und winkte ihm zu. Er lächelte und ging dann zum Ausgang.

Wir blieben noch bis Mitternacht in der Bar. Andrea hatte sich von mir verabschiedet. Sie war mit ihrer Eroberung weitergezogen. Ich ging durch die milde Nachtluft zurück nach Hause und ich musste immer wieder an Manuel denken.

Heute war er gar nicht so ein Ekel. Er war sogar ausgesprochen nett. Mal sehen, wann wir uns das nächste Mal über den Weg laufen würden.

Am Sonntagabend brachte Matthias einen glücklich aussehenden Leo wieder zurück. Er plapperte direkt darauf los. Die Tage mit seinem Vater schienen gut gelaufen zu sein.

„Können wir wieder in die zwei Wochen Regelung übergehen?" fragte Matthias. „Ich würde Leo gern öfter sehen. Erst jetzt habe ich gemerkt, wie sehr er mir gefehlt hat."

„Natürlich können wir es wieder so machen. Leo ist ja auch Dein Sohn. Ich will ihn Dir nicht vorenthalten.

Du hast ja selbst den Kontakt fast abgebrochen", antwortete ich.

„Das war das Dümmste, was ich in meinem Leben gemacht habe. Sonja hat mich so beeinflusst und ich habe es nicht einmal gemerkt. Ich wollte ihr immer alles Recht machen."

Matthias schaute schuldbewusst.

„Du hast sie geliebt. Da macht man schon mal dumme Dinge!" sagte ich.

„Ich weiß erst jetzt, was ich verloren habe. Dich aufzugeben, war eine noch größere Dummheit!" antwortet Matthias.

„Man kann die Zeit nicht zurück drehen. Hauptsache Du kümmerst Dich jetzt wieder öfter um Leo. Er braucht Dich."

„Und wir Beide?" fragte Matthias.

„Es tut mir leid. Das mit uns ist vorbei!"

Matthias schluckte und dann nickte er.

„Dann lass uns wenigstens Freunde bleiben!" antwortete er.

„Wir werden auf jeden Fall Eltern bleiben. Das wird uns immer verbinden", antwortete ich.

Am Montag war Leos´ erster Ferientag.

Wir schliefen lange und frühstückten gemütlich auf dem Balkon.

Am Mittag kam Anton vorbei. Er und Leo spielten auf dem Bolzplatz neben dem Haus Fußball. Am Nachmittag kamen sie müde und schmutzig zurück. Ich hatte den Beiden eine große Kanne mit Limonade auf den Tisch gestellt und einen Kuchen gebacken.

„Sollen wir morgen ins Schwimmbad gehen? Habt ihr Lust?" fragte ich.

Leo und Anton nickten begeistert.

„Dann komm doch morgen Vormittag vorbei und bring die Schwimmsachen mit. Ist denn Dein Vater damit einverstanden?" fragte ich.

Anton überlegte einen kurzen Moment.

„Ich frage ihn heute Abend. Kann mein Vater Sie anrufen?"

„Natürlich! Er kann sich gerne melden. Wie heißt ihr denn mit Nachnamen?" wollte ich wissen.

„Wir heißen Seibold!" antwortete Anton.

„Dann frag Deinen Vater und wenn er noch etwas wissen möchte, kann er gern anrufen. Unsere Telefonnummer hast Du ja."

Nachdem die Jungen jeder zwei Stücke Kuchen verputzt hatten und die Kanne Limonade geleert war, verabschiedete sich Anton.

Er wollte unbedingt mit seinem Vater sprechen und fragen, ob er am nächsten Tag mit uns ins Schwimmbad gehen durfte.

Ich hatte es mir am späten Abend mit einem Glas Wein auf dem Balkon gemütlich gemacht. Leo schaute seine Lieblings-Zeichentrick Serie.

„Mama, der Vater von Anton ist am Telefon!" hörte ich Leos´ Stimme.

Er reichte mir den Hörer.

„Weiler!" meldete ich mich.

„Guten Abend Frau Weiler. Mein Name ist Seibold. Ich bin der Vater von Anton", hörte ich eine angenehme Stimme.

„Hallo! Schön, dass Sie anrufen. Mein Sohn Leo und Anton haben sich angefreundet. Wir würden Anton gern morgen mit ins Schwimmbad nehmen!" sagte ich. „Sind Sie einverstanden?"

„Das ist sehr nett von Ihnen. Ich wollte Ihnen nur sagen, dass Anton Asthma hat. Er darf sich nicht zu sehr anstrengen, sonst bekommt er einen Anfall. Er hat zwar immer sein Notfallspray dabei, aber sie sollten das wissen."

Die Stimme von Herrn Seibold klang besorgt.

„Das wusste ich nicht. Anton hat nichts davon gesagt", antwortete ich.

„Das habe ich mir gedacht. Er will immer stark wirken. Aber ich mache mir Sorgen um ihn."

„Ich weiß jetzt Bescheid und werde auf ihn achten. Darf er dann morgen mitkommen?" fragte ich.

Herr Seibold schien zu überlegen.

Dann sagte er:

„Natürlich. Er soll auch etwas von seinen Ferien haben. Ich bin leider beruflich sehr eingespannt."

„Wir nehmen Anton gern mit. Er ist wirklich ein lieber Junge", sagte ich.

Wir verabschiedeten uns.

Leo hatte die ganze Zeit neben mir gestanden und gelauscht.

„Darf Anton mitkommen?" fragte er.

„Ja, er darf. Hast Du gewusst, das Anton Asthma hat?" wollte ich wissen.

Leo schüttelte den Kopf.

„Wir müssen ein bisschen aufpassen, dass er sich nicht zu sehr anstrengt. Sonst bekommt er Luftnot.“

„Okay. Das machen wir. Ich will nicht, dass Anton krank wird“, sagte Leo ernsthaft.

Pünktlich um zehn Uhr am nächsten Morgen klingelte Anton an der Tür.

Wir fuhren gemeinsam mit den Fahrrädern zum Freibad in einem nahegelegenen Stadtteil.

Nachdem wir einen Platz auf der Rasenfläche mit unseren Decken belegt hatten, konnten es die Jungen nicht abwarten ins Wasser zu springen.

Ich legte mich in die Sonne und genoss es an der frischen Luft zu sein.

Nach einer Weile schaute ich nach den Jungen. Sie plantschen und tauchten um die Wette. Als Leo mich sah, winkte er.

Ich deutete ihm an, dass die Beiden mal eine Pause machen sollten.

Leo stupste Anton an und die Beiden stiegen aus dem Becken.

Anton hatte ganz blaue Lippen. Das machte mir Sorgen.

„Geht es Dir gut Anton? Bekommst Du genug Luft?" fragte ich ihn.

„Hat mein Papa Ihnen gesagt, dass ich Asthma habe?" wollte er wissen.

Ich nickte.

Anton schaute traurig.

„Mein Papa macht sich immer Sorgen um mich. Vor allem seit meine Mama gestorben ist."

„Das kann ich gut verstehen. Wenn Leo krank ist, dann geht es mir genauso", antwortete ich.

„Mach halt immer mal eine Pause, wenn Du merkst, dass Du schlechter Luft bekommst."

Leo legte seinen Arm um Anton.

„Ich passe auf Dich auf!" sagte er.

Wir unternahmen in meinem Urlaub noch einige Dinge gemeinsam mit Anton. Der Junge blühte richtig auf und wurde immer fröhlicher. Ich hatte ihn schon richtig ins Herz geschlossen.

An dem Wochenende, wo Leo wieder bei seinem Vater war, ging ich wieder einmal ins Freibad. Und ich hoffte, dass Manuel dort sein würde. Leider konnte ich ihn nicht entdecken.

Also schwamm ich wie üblich meine Bahnen. Als ich wieder in die Umkleidekabine gehen wollte, hörte ich Jemand meinen Namen rufen.

Mein Herz machte einen Hüpfer. Es war Manuel. Er kam jetzt auf mich zu und grinste.

„Hallo, wie geht's?" fragte er.

„Verfolgen Sie mich?" fragte ich provozierend. Das hatte Manuel mich auch zuletzt in der Bar gefragt.

„Verfolgen vielleicht nicht, aber ich hatte gehofft, Sie hier wieder zu sehen. Sollen wir uns nicht duzen?"

Manuel sah sehr attraktiv aus. Er hatte einen muskulösen Oberkörper und war sehr sportlich.

„Überlegst Du, ob es sich lohnt mich zu duzen?" fragte Manuel lachend.

Er hatte gemerkt, dass ich ihn gemustert hatte.

Ich wurde rot und schaute zur Seite. Ich fühlte mich ertappt.

„Du bist ganz schön frech und von Dir überzeugt!" sagte ich.

„Jetzt hast Du mich doch geduzt! Das ist ein gutes Zeichen!" antwortete Manuel. „Hast Du heute Abend schon etwas vor?"

Da Leo bei seinem Vater war, hatte ich Zeit. Ich wollte aber nicht direkt zusagen.

Manuel schaute bittend und machte einen Diener.

„Junge Frau, darf ich Sie heute Abend zu einem weiteren Glas Champagner einladen?" fragte er.

Ich musste lachen und nickte.

„Wieder in der Bar oder doch lieber Biergarten? Das Wetter ist so schön!" sagte ich.

„Du hast Recht, Annika. Der Biergarten wäre schöner."

Jetzt musterte Manuel mich. Ich wickelte mein Handtuch um meine Taille und sagte:

„Ich gehe jetzt duschen. Heute Abend um acht im Kastanien Hof?" fragte ich.

„Sehr gerne Annika. Ich freue mich sehr!" sagte Manuel. Dann drehte er sich um und machte wieder einen Kopfsprung ins Becken.

Der Bademeister hatte es diesmal gesehen und pfiff mit seiner Trillerpfeife. Ich musste lachen und ging schnell in die Umkleidekabine.

Am Abend machte ich mich zurecht und wählte wieder ein Kleid. Ich war richtig aufgeregt, als ich am Biergarten ankam.

Ich konnte Manuel nirgendwo sehen, deshalb stellte ich mich in die Nähe des Eingangs und wartete.

Ich schaute mich suchend um, als eine große Limousine, die mir bekannt vorkam, an mir vorbei fuhr. Fünf Minuten später sah ich Manuel mit schuldbewusstem Gesicht auf mich zukommen.

„Entschuldige die Verspätung. Ich habe keinen Parkplatz gefunden!" sagte er.

„Deshalb habe ich kein Auto. Mein Fahrrad und ich finden immer einen Platz!" antwortete ich.

Manuel grinste.

„Wo wohnst Du denn?" fragte er.

„Ganz hier in der Nähe. In der Innenstadt brauche ich kein Auto. Außerdem kann ich es mir nicht leisten!" antwortete ich wahrheitsgemäß.

Wir gingen in den Biergarten und schauten uns um. Es war brechend voll. Als eine Kellnerin vorbeikam, fragte Manuel, ob es noch einen freien Platz für uns gäbe.

Sie zeigte auf einen Tisch, den wir übersehen hatten. Wir nahmen dort Platz und bestellten unsere Getränke.

Manuel zog seinen Stuhl näher zu mir. Ich konnte seine Wärme spüren und merkte wie mein Herz gleich schneller schlug.

„Annika, darf ich Dir ein Kompliment machen?" fragte er.

„Wenn es ernst gemeint ist!" antwortete ich.

„Du siehst umwerfend aus!" sagte Manuel und schaute mir dabei tief in die Augen.

„Deine blauen Augen sind wunderschön und mir gleich aufgefallen, als Du mich in dem Buchladen angesprochen hast. Es tut mir leid, dass ich so schroff zu Dir war. An diesem Tag hatte ich wahnsinnig viel Stress!"

Ich schaute ihn verwundert an.

„Na ja, im Schwimmbad warst Du auch nicht viel netter!" entgegnete ich.

Manuel nickte und nahm auf einmal meine Hand.

„Vielleicht erzähle ich Dir an einem anderen Tag, warum ich manchmal so bin. Heute möchte ich den Abend mit Dir genießen, ohne an meine Probleme zu denken!"

Seine Worte machten mich traurig. Ich ließ meine Hand in seiner und fühlte mich auf einmal sehr zu Manuel hingezogen.

Wir unterhielten uns eine Weile, als Manuel plötzlich fragte:

„Warum hast Du vorhin gesagt, dass Du Dir kein Auto leisten kannst?"

Ich überlegte kurz und dann sagte ich wahrheitsgemäß:

„Ich bin geschieden und habe einen Sohn. Mein Exmann zahlt zwar Unterhalt, aber große Sprünge kann ich nicht machen.

Ich arbeite nur halbtags in dem Buchladen, damit ich nachmittags bei meinem Sohn sein kann."

Manuel schaute ernst.

„Ich habe auch einen Sohn. Leider habe ich nur wenig Zeit für ihn und deshalb ständig ein schlechtes Gewissen. Aber darüber sprechen wir das nächste Mal. Ich hoffe es gibt ein nächstes Mal?" fragte er.

Ich hätte noch viele Fragen an Manuel gehabt, merkte aber, dass er heute nicht darüber sprechen wollte.

„Wir können das gern nochmal wiederholen. Du scheinst ja doch nicht so ein arroganter Kerl zu sein!"

Manuel lachte und beugte sich zu mir hinüber.

„Und Du scheinst eine echte Traumfrau zu sein!" flüsterte er.

Ich bekam eine Gänsehaut, als er mir so nahe kam. Es war ein Gefühl, dass ich schon lange nicht mehr hatte.

„Ich muss jetzt leider nach Hause. Mein Sohn ist allein und ich habe ihm versprochen nicht zulange weg zu sein", sagte Manuel leise.

„Die Zeit ist wie im Flug vergangen. Danke für den schönen Abend Annika."

„Ja, es war wirklich sehr schön. Komm gut nach Hause", antwortete ich.

„Wo kann ich Dich erreichen? Hast Du ein Handy?" fragte Manuel. „Ich möchte das nächste Treffen nicht wieder dem Zufall überlassen."

Ich nickte.

„Gib mir mal Dein Handy, dann speichere ich Dir meine Nummer ein!" sagte ich.

Manuel zog sein Mobiltelefon aus der Hosentasche und gab es mir. Als ich das Foto auf dem Display sah, wurde ich blass.

Auf dem Foto war Anton zu sehen!

„Bist Du Antons Vater?" fragte ich.

„Du kennst Anton?" fragte Manuel erstaunt.

„Ich bin die Mutter von Leo. Wir haben doch zuletzt telefoniert. Aber ich habe Deine Stimme nicht erkannt."

Ich war total irritiert.

„Was für ein Zufall. Jetzt wird es aber langsam unheimlich!" sagte Manuel.

„Das kannst Du aber laut sagen!" antwortete ich.

Fast hätte ich doch vergessen meine Nummer auf Manuels Handy zu speichern. Jetzt holte ich es nach und gab ihm das Gerät wieder.

Vor dem Biergarten verabschiedeten wir uns. Manuel gab mir zum Abschied einen Kuss auf die Wange. Dann ging er in die Richtung, wo sein Auto stand und ich schaute ihm lange nach.

Am nächsten Tag brachte Matthias Leo wieder zurück. Als er mir die kleine Reisetasche überreichte, die Leo immer mitnahm, fragte Matthias plötzlich:

„Hast Du einen Kaffee für mich? Ich wollte Dich etwas fragen!"

Ich war verwundert, ließ Matthias aber in die Wohnung. Leo ging gleich in sein Zimmer und schaltete seinen Fernseher an.

Ich ging in die Küche. Matthias folgte mir.

Nachdem ich uns einen Kaffee eingegossen hatte, setzten wir uns auf die Couch im Wohnzimmer.

„Was wolltest Du mich fragen?"

Ich wollte so schnell wie möglich wissen, was Matthias vorhatte. Irgendwie hatte ich ein komisches Gefühl.

„Leo hat doch Ferien. Ich fliege am Mittwoch nach New York und würde ihn gern mitnehmen. Wir könnten dort vier Tage bleiben und viel Spaß haben. Am Montag wären wir wieder zurück."

Ich musste schlucken. Sollte ich Leo wirklich mit Matthias fliegen lassen?

Mir war klar, dass ich ihm niemals so einen Urlaub ermöglichen konnte.

„Was sagt denn Leo dazu?" fragte ich.

„Ich wollte erst mit Dir sprechen. Du hast Dir ja extra Urlaub wegen Leo genommen" antwortete Matthias.

Es fiel mir sehr schwer, aber ich wollte Leo die Möglichkeit so eine Reise zu machen, nicht nehmen.

Ich atmete tief durch, dann sagte ich:

„Wenn Leo es möchte, dann habe ich nichts dagegen."

Matthias nahm meine Hand.

„Komm doch auch mit!" sagte er.

Ich schüttelte energisch den Kopf. Ich wollte keinen Familienurlaub.

Matthias hatte mich zu sehr enttäuscht. Ich wollte ihm keine Hoffnung auf eine zweite Chance geben.

„Wir sagen jetzt Leo Bescheid. Aber ich komme nicht mit. Diese Zeiten sind vorbei!" sagte ich bestimmt.

Matthias schaute enttäuscht. Ich stand auf und holte Leo ins Wohnzimmer.

Dann teilte ihm Matthias mit, dass er mit ihm nach New York fliegen wollte.

Als Leo das hörte, jubelte er so laut, dass ich mir die Ohren zuhalten musste.

„Darf ich Mama? Bitte sag ja!" rief er.

„Dann fang schon mal an zu packen!" antwortete ich.

Leo fiel mir um den Hals. Ich merkte wie aufgeregt er war.

„Während des Fluges darfst Du ja nicht zu mir ins Cockpit. Eine Stewardess wird sich um Dich kümmern. In New York haben wir dann vier Tage für uns."

„Danke Papa! Das ist der Hammer. Ich rufe gleich Anton an und erzähle es ihm. Der wird staunen!"

Leo stürmte zum Telefon und ich besprach mit Matthias noch ein paar Dinge.

Als wir uns verabschiedeten sagte Matthias:

„Ich hole Leo dann Mittwoch schon gegen sieben Uhr morgens ab. Mach Dir keine Sorgen. Ich passe gut auf unseren Jungen auf."

„Das will ich hoffen!" sagte ich.

Als ich die Tür hinter Matthias geschlossen hatte, war ich unsicher, ob das alles eine gute Idee war.

Am Anfang der Woche war ich damit beschäftigt, Leos´ Koffer zu packen und zu schauen, das er alle Dokumente zusammen hatte.

Leo wurde immer aufgeregter und konnte kaum noch schlafen. Er traf sich noch einmal mit Anton. Diesmal hatte ihn Anton nach Hause eingeladen.

Als er abends wieder zuhause war, kam er gleich in die Küche und sagte:

„Mama, sowas hast Du noch nicht gesehen.

Das Haus von Antons´ Vater ist der Hammer. Die haben sogar eine Köchin und eine Frau, die auf Anton aufpasst!"

„Dafür hat er aber leider keine Mama mehr", antwortete ich ernst.

„Das stimmt, aber das Zimmer von Anton ist so groß wie unsere ganze Wohnung!" sagte Leo ehrfurchtsvoll.

Leo setzte sich zu mir an den Küchentisch. Er nahm sich einen Apfel aus dem Obstkorb und biss gleich hinein.

„Anton fährt am Mittwoch zu seiner Oma nach Kronberg. Er freut sich schon sehr darauf. Als er noch in Berlin gewohnt hat, hat er sie nur selten gesehen."

„Das ist doch schön. Dann ist er nicht so allein!" antwortete ich.

„Ich habe heute auch Antons Vater gesehen. Er ist gekommen, als ich nach Hause fahren wollte."

„Und wie findest Du ihn?" wollte ich wissen.

„Eigentlich sehr nett. Aber er ist fast nie zuhause, hat Anton gesagt."

„Er leitet eine große Firma. Da hat man viel zu tun. Aber es wäre natürlich gut, wenn er sich für seinen Jungen mehr Zeit nehmen würde."

Leo nickte ernst.

Ich versuchte ihn aufzumuntern und fragte:

„Was willst Du denn noch nach New York mitnehmen. Brauchst Du noch etwas?"

„Ich nehme mein Handy mit. Da habe ich ja meine Spiele drauf. Dann wird es im Flugzeug nicht so langweilig", antwortete er.

„Das ist eine gute Idee. Sollen wir Beide morgen nochmal in den Zoo fahren?" fragte ich in der Hoffnung, dass ich mit Leo doch noch etwas in meinem Urlaub unternehmen konnte.

„Super Idee!" schmatzte Leo und warf seinen Apfelrest in den Mülleimer.

Am nächsten Morgen, nach dem Frühstück, fuhren wir mit dem Zug nach Frankfurt.

Am Bahnhof stiegen wir in den Bus, der direkt vor dem Zoo hielt. Wir kannten den Weg, weil wir früher oft hier waren.

Vor dem Eingang war eine lange Schlange von Besuchern. Das war in den Ferien zu erwarten.

Es dauerte fast eine halbe Stunde, bis wir endlich unsere Eintrittskarten kaufen konnten.

Wir ließen uns treiben. Leo liebte die Pinguine. Dort verbrachten wir eine längere Zeit. Leo konnte sich gar nicht satt sehen an den lustigen Tieren. Ich setzte mich auf eine Bank und beobachtete die anderen Besucher.

Plötzlich klingelte mein Handy.

Ich war überrascht, als sich Manuel meldete.

„Hallo Annika! Hast Du kurz Zeit?" fragte er.

„Ich bin gerade im Frankfurter Zoo. Leo ist begeistert von den Pinguinen. Ich glaube, dass dauert hier noch etwas länger. Also habe ich Zeit. Was gibt es denn?"

Manuel suchte nach Worten, denn es dauerte einen Moment bis er antwortete.

„Ich weiß von Anton, dass Leo mit seinem Vater ab morgen in New York ist. Meine Mutter holt Anton auch morgen früh ab. Die Beiden wollen ein paar Tage in ihrem Haus in Kronberg verbringen. Hättest Du Lust, das wir uns noch einmal treffen?"

Mein Herz schlug schneller bei dem Gedanken Manuel wieder zu sehen.

Dieser sprach gleich weiter.

„Ich habe morgen noch einen Vorstandssitzung. Danach hätte ich Zeit. Ist achtzehn Uhr für Dich in Ordnung. Wir könnten spazieren gehen und vielleicht anschließend etwas essen?"

„Das hört sich gut an. Ich habe ja die nächsten Tage nichts vor, da Leo spontan mit seinem Vater verreist. Ich würde mich freuen!" sagte ich.

Ich höre wie Manuel aufatmete.

„Dann hole ich Dich morgen ab. Anton hat mir Eure Adresse gegeben. Er war etwas erstaunt, als ich danach gefragt habe. Ich habe ihm erklärt, dass ich wissen möchte wo er sich so oft aufhält!"

„Soll er nicht wissen, dass wir uns treffen?" fragte ich vorsichtig.

„Noch nicht!" antwortete Manuel.

Nach dem Telefonat ging ich zu Leo hinüber.

„Na Du Pinguin Fan, sollen wir weiter?" fragte ich.

Leo lachte laut.

„Jetzt zu den Löwen?" fragte er.

Ich nickte und wir schlenderten weiter zum nächsten Gehege. Es wurde ein schöner Tag.

Je später es wurde, umso mehr machte ich mir Sorgen, dass Leo ab morgen in dieser riesigen Stadt sein würde.

Ich wusste, dass Matthias gut auf ihn aufpassen würde, aber ich hatte trotzdem Angst. Ich selbst mochte diese riesigen Metropolen gar nicht. Matthias hatte mich einmal mit nach Bangkok genommen. Ich war erschlagen von der Hektik und den vielen Menschen. Als ich Matthias einmal aus den Augen verloren hatte, erfasste mich die Panik. Deshalb bin ich später auch nur noch selten mitgeflogen. Vielleicht war das damals ein Fehler.

Nach dem Abendessen kontrollierten Leo und ich nochmal, ob wir alles eingepackt hatten. Ich steckte die wichtigsten Unterlagen in Leos´ Rucksack und stellte dann den Koffer in den Flur.

„Hoffentlich kannst Du heute Nacht überhaupt schlafen!" sagte ich und zwinkerte Leo zu.

„Ich bin schon etwas aufgeregt, aber ich freue mich auch total. In der Schule werden die staunen, wenn ich nach den Ferien erzähle, wo ich war!"

Als ich später in Leos´ Zimmer ging musste ich lächeln. Leo lag auf seinem Bett und schnarchte.

Ich deckte ihn vorsichtig, damit er nicht wach wurde, zu. Dann verließ ich leise das Zimmer.

Ich nahm eine Flasche Rotwein aus dem Regal im Wohnzimmer und goss mir ein Glas ein. Dann setzte ich mich auf die Couch und seufzte leise. Ich musste daran denken, dass ich Manuel morgen wieder sehen würde.

Der Gedanken an ihn machte mich glücklich und mir war auf einmal klar, dass ich mich verliebt hatte. Das machte mir auch Angst.

Ich schob diese Sorgen aber erstmal beiseite.

Wer weiß, was überhaupt aus uns werden würde. Ich wollte es einfach auf mich zukommen lassen.

Ich trank meinen Wein und ging dann auch ins Bett.

Kurz vor Sieben am nächsten Morgen klingelte Matthias.

Es war nur noch wenig Zeit, deshalb brachten wir Leos´ Gepäck direkt zum Auto und verabschiedeten uns.

„Viel Spaß mein Schatz! Ich wünsche Dir ein paar aufregende Tage. Pass auf Dich auf!" sagte ich und drückte Leo ganz fest.

Matthias nahm mich in den Arm und flüsterte:

„Mach Dir keine Sorgen. Ich melde mich, sobald wir im Hotel sind!"

„Versprochen?" fragte ich leise.

Matthias nickte und stieg dann ins Auto. Leo saß schon auf dem Beifahrersitz und winkte bis das Auto um die Ecke fuhr.

Ich nutzte die freie Zeit und ging schwimmen. Manuel würde ich heute hier nicht treffen. Er hatte ja gesagt, dass er an einer Sitzung teilnehmen musste.

Auf dem Weg nach Hause kaufte ich beim Bäcker zwei Stücke Torte und besuchte Richard in der Buchhandlung.

„Was machst Du denn hier? Du hast doch Urlaub!" rief er, als ich den Laden betrat.

„Ich wollte meinen Lieblingskollegen überraschen", antwortete ich und wedelte mit dem Kuchentablett.

Richard grinste und ging voran in unser Büro.

„Heute ist hier tote Hose. Es waren erst fünf Kunden hier. Da kann ich getrost eine Pause machen!"

Richard setzte sich umständlich auf einen Stuhl und ließ sich von mir bedienen.

„Du siehst heute irgendwie zufrieden aus"" sagte er, als ich den Kuchenteller vor ihm abstellte. „Ist etwas passiert?"

„Dir kann man aber auch nichts verheimlichen", antwortete ich. „Kannst Du Dich noch an diesen attraktiven aber unfreundlichen Kunden erinnern?"

„Der Hauptgewinn?" fragte Richard erstaunt.

Ich nickte.

„Ich habe ihn bei zwei anderen Gelegenheiten nochmal wieder gesehen. Beim letzten Mal hat es bei mir gefunkt!" sagte ich.

„Bist Du verknallt?"

Richard machte große Augen.

„Ich glaube ja. Jedenfalls muss ich dauernd an ihn denken und heute Abend sehen wir uns wieder."

„Was sagt Leo dazu?" wollte Richard wissen.

„Er weiß es noch nicht. Dazu ist es zu früh. Leo ist übrigens mit seinem Vater heute nach New York geflogen!"

„Das hat seine Tussi erlaubt?" fragte Richard erstaunt.

„Die Tussi hat einen Anderen. Sie hat sich den nächsten Piloten geschnappt."

Richard grinste. Er schlug die Beine übereinander und lehnte sich zurück.

„Einem Mann in Uniform kann ich auch nicht widerstehen!" sagte er und verzog genüsslich den Mund.

„Dann lass Dich doch einfach mal verhaften! Polizisten tragen auch Unform!" antwortete ich.

„Böses Mädchen!" sagte Richard und drohte mit dem Finger. „Aber die Idee ist nicht schlecht!"

Eine Kunde kam in den Laden.

Er wurde durch das Bimmeln an der Ladentür angekündigt. Richard verdrehte theatralisch die Augen und verließ das Büro.

Ich räumte das Geschirr in die kleine Spülmaschine und ging ebenfalls in den Laden. Ich winkte Richard, der den Kunden gerade beriet zu und ging nach Hause.

Eine Stunde bevor Manuel kommen wollte, wurde ich langsam nervös. Ich ging unter die Dusche und machte mich zurecht.

Meine langen Haare trug ich heute offen. Ich zog eine weiße Jeans und eine Bluse an und schlüpfte in leichte Leinenschuhe.

Die waren bequem, denn Manuel hatte etwas von einem Spaziergang gesagt.

Um achtzehn Uhr klingelte es pünktlich an der Tür. Ich öffnete mit klopfendem Herzen.

Manuel stand mit einem Blumenstrauß vor der Tür und lächelte mich an.

„Hallo Annika. Darf ich reinkommen?" fragte er.

Ich nickte, ging zur Seite und ließ ihn in die Wohnung.

„Der ist für Dich!" sagte er und übereichte mir den riesigen Strauß.

„Der ist ja wunderschön!" Vielen Dank!" antwortete ich.

„Nicht so schön wie Du!" sagte Manuel.

Dann kam er näher, nahm mein Gesicht in beide Hände und küsste mich. Ich schloss die Augen und ließ es geschehen.

In mir kamen Gefühle hoch, die ich schon so lange vergraben hatte. Es war einfach wunderschön.

Als wir uns wieder voneinander lösten flüsterte ich:

„Ich stelle mal schnell die Blumen ins Wasser. Denen ist bestimmt so heiß wie mir!"

Manuel grinste.

„Frag mich mal!" antwortete er.

Manuel folgte mir in die Küche.

„Schön hast Du es hier. Sehr gemütlich!" sagte er.

„Aber im Vergleich zu Deinem Haus ist das hier winzig. Leo hat mir erzählt wie ihr wohnt. Er war begeistert."

„Wir haben viel Platz, das stimmt. Aber ein Haus ist nur so schön, wie die Menschen die in ihm wohnen. Hier wird gelebt. Das sieht man."

Ich schaute erstaunt. Manuel war auf einmal sehr emotional. Das war eine ganz andere Seite an ihm. Nichts war mehr zu spüren von dem arroganten, herablassenden Mann.

„Möchtest Du etwas spazieren gehen? Ich bräuchte mal frische Luft!" sagte Manuel.

„Sehr gern. Dann lass uns mal starten. Sollen wir in den Kurpark?" fragte ich.

Manuel nickte und ging zur Wohnungstür. Dann verließen wir das Haus und schlenderten in Richtung Innenstadt.

Der Kurpark und das Casino lagen nur wenige Gehminuten von meiner Wohnung entfernt.

Manuel hatte meine Hand genommen. Es war ein ungewohntes Gefühl nach den letzten Jahren, in denen ich allein war. Zweisamkeit gab es für mich so lange nicht mehr. Es fühlte sich so schön und vertraut an.

Im Kurpark liefen wir an einem kleinen Teich entlang und setzten uns auf eine Bank in den Schatten.

„Weißt Du wie lange ich nicht mehr Spazieren war? Ich kann mich kaum erinnern!" sagte Manuel.

Er schaute mir tief in die Augen und küsste mich dann sanft.

„Warum eigentlich nicht? Du könntest Dir auch mehr Zeit für Anton nehmen? Ich glaube er vermisst es sehr", antwortete ich leise.

Manuels´ Blick verfinsterte sich.

„Du kannst Dir nicht vorstellen, wie mein Tagesablauf im Moment ist. Glaubst Du nicht, dass ich lieber Zeit mit meinem Kind verbringen würde. Aber ich habe ein riesiges Unternehmen zu leiten!" sagte er ungehalten.

„Ich wollte Dir nicht zu nahe treten!" entschuldigte ich mich. „Es geht mich ja auch nichts an."

Manuel schaute auf den Boden. Er schien zu überlegen, was er sagen sollte.

„Wir sind vor ein paar Wochen hier nach Wiesbaden gezogen, weil der Geschäftsführer dieser Niederlassung Millionen veruntreut hat. Ich muss jetzt die Karre aus dem Dreck ziehen, sonst geht das Lebenswerk meines Vaters den Bach runter", antwortete Manuel bitter.

Ich schaute erschrocken.

„Gehört Dir die Firma? Welche ist es denn?" fragte ich.

Manuel nickte. Er nahm meine Hand und streichelte sie.

„Kennst Du die SMP?" fragte er.

„Natürlich! Das ist doch der größte Arbeitgeber in dieser Region!" antwortete ich.

„SMP steht für Seibold Medical Products. Und wie heiße ich?" fragte Manuel jetzt und grinste.

„Seibold!" sagte ich atemlos.

Manuel lächelte.

„Genau! Die Firma hat mein Großvater gegründet. Danach hat sie mein Vater geleitet. Er ist leider vor sechs Jahren gestorben. Er hatte einen Herzinfarkt. Seitdem leite ich die Firma. Zuerst das Hauptwerk in Berlin und jetzt hier."

„Und der Geschäftsführer? Wie habt ihr gemerkt, dass er so viel Geld veruntreut hat?" wollte ich wissen.

„Es gab schon länger Ungereimtheiten und die Niederlassung machte immer weniger Profit.

Nachdem der Geschäftsführer auf einmal verschwunden war, haben wir relativ schnell herausgefunden, dass er Geld ins Ausland transferiert hat. Er selbst ist letzte Woche in Frankreich verhaftet worden."

Ich war wirklich erschüttert.

„Wenn man Verantwortung für so viele Mitarbeiter hat, dann bereitet Dir das schlaflose Nächte. Ich habe Anton gegenüber immer ein schlechtes Gewissen. Ich weiß, dass ich mich viel zu selten um ihn kümmere", sprach Manuel weiter. „Ich hoffe, dass ich bald einen neuen, vertrauenswürdigen Geschäftsführer finde. Dann wird alles einfacher!"

„Das wünsche ich Dir von Herzen, auch in Antons Interesse. Ich mag ihn sehr!" antwortete ich.

Manuel beugte sich zu mir und küsste mich leidenschaftlich.

„Und seinen Vater? Magst Du den auch?" fragte er grinsend.

„Es geht so!" antwortete ich.

Manuel schaute irritiert. Dann merkte er, dass ich ihn auf den Arm nehmen wollte.

„Du bist wirklich eine schöne Frau, die immer für eine Überraschung gut ist. Ich bewundere außerdem, wie Du mit Deinem Sohn durchs Leben gehst."

„Wir machen aus allem das Beste. Nach meiner Scheidung war es allerdings ein paar Monate nicht leicht.

Mein Ex Mann Matthias hat seine neue Freundin in unser Haus einquartiert und Leo und ich mussten uns eine neue Bleibe suchen. Die Wohnung in der Innenstadt war ein Glücksgriff", sagte ich.

„Dein Mann hat Euch einfach aus dem Haus geworfen!" fragte Manuel verständnislos.

„Das Haus gehört meinem Ex Mann. Es ist sein Elternhaus!" antwortete ich.

„Ich verstehe!" sagte Manuel. „Trotzdem ist es für mich nicht nachzuvollziehen, wie man so seine Frau und Kind behandelt."

Manuel schüttelte den Kopf.

„Glaub mir, ich habe lange gebraucht, bis ich den Schock verarbeitet habe. Ich habe zwischendurch schon befürchtet, dass ich meine Eltern um Hilfe bitten müsste. Aber dann habe ich schnell diesen Job in der Buchhandlung gefunden. Für Leo bezahlt Matthias Unterhalt. So geht es einigermaßen."

Ich stand auf.

„Lass uns weiter gehen und das schöne Wetter genießen. Ich liebe den Sommer!" sagte ich. Dann nahm ich Manuels Hand und zog ich hoch.

Wir liefen noch eine Stunde durch den Park und blieben nur ein paar Mal stehen um uns zu küssen.

Anschließend gingen wir in die Innenstadt um etwas zu essen.

Wir setzten uns in den Außenbereich eines italienischen Restaurants und bestellten erst einmal ein Glas Wein.

Es wurde langsam kühler. Deshalb zog ich meine leichte Strickjacke an, die ich vorsichtshalber mitgenommen hatte.

Nach dem Essen blieben wir noch eine Weile sitzen. Wir bestellten noch einen Kaffee und genossen den schönen Abend.

Als es zu kalt wurde, fragte ich Manuel, ob er noch mit zu mir kommen wollte. Er schaute erst erstaunt und dann lächelte er.

„Ich wollte Dich das nicht fragen, aber wenn Du es möchtest, dann komme ich gern mit."

Manuel bezahlte die Rechnung und wir gingen in Richtung meiner Wohnung. Es war zu Fuß nur zehn Minuten vom Restaurant entfernt.

Als ich die Wohnungstür aufschloss, klopfte mein Herz laut.

Es war so lange her, dass ich allein mit einem Mann in der Wohnung war.

„Sollen wir uns auf den Balkon setzten? Ich hole eine Decke, dann ist es nicht so kalt", fragte ich.

„Erst möchte ich Dich in den Arm nehmen und Dich spüren!" sagte Manuel leise.

Als er mich küsste, vergaß ich die Welt um mich herum. Ich bekam Gänsehaut, weil Manuel mir jetzt sanft über den Rücken streichelte.

Dann klingelte das Telefon!

Es dauerte eine Weile bis ich mich von Manuel gelöst hatte. Dann fiel mir ein, dass es bestimmt Matthias war, der anrief.

Ich räusperte mich und nahm den Hörer ab.

„Hallo Annika, wir sind es. Es ist alles gut gelaufen. Wir sind jetzt im Hotel!" hörte ich Matthias Stimme.

„Da fällt mir ein Stein vom Herzen. Geht es Leo gut?" fragte ich.

„Der schläft schon. Jetlag und Aufregung haben ihn geschafft!"

Ich hörte an Matthias Stimme, dass er lachte.

„Es wäre schön, wenn Du auch hier wärst. Ich vermisse Dich und weiß erst jetzt, dass ich Dich niemals hätte gehen lassen dürfen!" sagte er dann.

„Matthias, fang nicht wieder damit an. Für mich gibt es kein Zurück. Ich wünsche Euch eine schöne Zeit in New York und gib Leo morgen von mir einen Kuss!" antwortete ich.

Dann legte ich auf.

Manuel hatte das Gespräch mit angehört.

„Will Dein Ex Mann Dich zurück?" fragte er.

Ich nickte.

„Das ist vorbei. Ich hätte immer Angst das die nächste Stewardess bei ihm einzieht!" versuchte ich zu scherzen.

„Stewardess?" fragte Manuel irritiert.

„Matthias ist Pilot. Seine letzte Freundin hat er während gemeinsamer Flüge kennen gelernt."

„Ach so!"

Manuel kam auf mich zu, nahm mir den Telefonhörer, den ich immer noch in der Hand hielt ab und dann zog er mich auf die Couch.

„Heute Nacht zählen nur wir Beide!" flüsterte er mir ins Ohr.

Wir liebten uns gleich im Wohnzimmer. Später gingen wir ins Schlafzimmer. Es war eine wahnsinnig schöne und intensive Nacht.

So war es für mich vorher nie gewesen.
Selbst bei Matthias hatte ich so nicht gefühlt.

Als ich am Morgen erwachte, war ich wieder allein.

Ich sah auf die Uhr. Es war erst kurz vor Acht. Ich stand auf und schaute in die Küche, weil es von dort nach Kaffee roch.

Manuel hatte ihn anscheinend gekocht bevor er die Wohnung verlassen hatte.

Auf dem Tisch lag ein handgeschriebener Zettel.

Ich musste leider schon früh los. Ich melde mich später bei Dir. Es war unglaublich heute Nacht. Ich glaube ich bin jetzt schon süchtig. Manuel

Ich legte den Zettel zurück und nahm mir eine Tasse Kaffee. Dann ging ich wieder ins Bett, trank ein paar Schlucke und schlief wieder ein.

Ich wurde wach, weil das Telefon klingelte. Es war schon gegen Mittag. Es war Leo, der gleich aufgeregt losplapperte.

„Wir gehen heute zum Empire State Building und fahren nach oben auf die Terrasse!" sagte er.

„Das wird bestimmt ein tolles Erlebnis. Von dort oben kann man ganz New York sehen!" antwortete ich.

„Und anschließend gehen wir essen. Es gibt hier ein Restaurant mit riesigen Burger!"

Leos´ Stimme überschlug sich fast.

„Dann mach bitte mal Fotos. Ich bin gespannt wie alles aussieht. Viel Spaß und pass bitte auf Dich auf!" antwortete ich.

„Mach Dir nicht so viele Sorgen. Ich bin doch schon groß. Goodbye!"

Ich wollte noch etwas sagen, aber Leo hatte schon aufgelegt.

Ich musste lächeln, weil er Goodbye gesagt hatte.

Er hatte seit diesem Jahr englisch in der Schule und konnte schon ein paar Sätze sagen.

Ich wollte gerade ins Badezimmer gehen, da klingelte das Telefon erneut.

„Hallo meine Süße!" hörte ich Manuels Stimme. „Hast Du noch gut geschlafen?"

„Ich habe Dich heute Morgen vermisst. Ich hätte gern noch mit Dir gekuschelt!" antwortete ich.

„Beim Kuscheln wäre es wahrscheinlich nicht geblieben!"

Ich hörte wie Manuel lachte.

„Dann hätte ich es nicht rechtzeitig ins Büro geschafft. Heute ist ein wichtiger Tag. Wir haben eine Vorstandssitzung", antwortete er.

Ich hörte wie im Hintergrund jemand mit Manuel sprach.

„Ich muss jetzt Schluss machen. Ich rufe Dich später wieder an", sagte er dann und legte wieder auf.

Ich zuckte die Schultern und überlegte, was ich heute machen könnte.

Kurz entschlossen holte ich meine Schwimmsachen und fuhr zum Hallenbad. Heute war es leider sehr voll. Es waren ja Sommerferien und viele Kinder im Becken. Man konnte kaum eine Bahn vernünftig schwimmen. Nach einer halben Stunde hatte ich keine Lust mehr und ich fuhr wieder nach Hause.

Ich hatte kaum die Tür hinter mir geschlossen, da klingelte es.

Ich öffnete und sah einen Boten mit einem Karton im Treppenhaus stehen.

„Guten Tag! Sind sie Frau Weiler?" wollte der junge Mann wissen.

Ich nickte.

„Dann ist das hier für Sie!" sagte der Bote und drückte mir den Karton in den Arm.

„Können Sie mir noch den Empfang quittieren?" fragte er.

Ich brachte den Karton in die Wohnung und nahm Kleingeld aus meinem Portemonnaie.

Ich unterschrieb eine Quittung und drückte dem Boten das Trinkgeld in die Hand.

Dieser bedankte sich und lief gleich wieder die Treppe hinunter.

In der Wohnung nahm ich den Karton mit in die Küche und öffnete ihn vorsichtig.

Oben lag ein Umschlag, den ich gleich neugierig aufriss.

Auf einer Karte stand:

Dieses Kleid habe ich schon letzte Woche in einer Boutique gesehen. Ich glaube, dass es Dir perfekt steht. Ziehst Du es heute Abend für mich an?

Ich entfernte das Papier, in das mein Geschenk eingewickelt war und konnte meinen Augen nicht trauen.

Manuel hatte mir ein traumhaft schönes Sommerkleid gekauft. Es hatte ganz schmale Träger und war aus einem leicht glänzenden Stoff.

Ich nahm es aus dem Karton und probierte es gleich an. Es passt wie angegossen. Manuel hatte mich anscheinend gut und oft angeschaut. Bei dem Gedanken an ihn bekam ich eine Gänsehaut.

Ich stellte mich im Schlafzimmer vor den großen Spiegel. Das Kleid war ein Traum. Manuel hatte einen guten Geschmack.

Ich legte mich mit dem Kleid auf mein Bett und strich über der Stoff.

Ich konnte es kaum erwarten Manuel wieder zu sehen und ihm das Kleid zu zeigen.

Ich musste kurz wieder eingeschlafen sein, denn ich schreckte hoch, weil es schon wieder an der Tür klingelte.

Draußen stand diesmal Manuel.

Als er mich so verschlafen mit zerzausten Haaren in dem neuen Kleid sah, lachte er laut.

„Du konntest es wohl gar nicht abwarten?" fragte er.

Ich zog ihn in die Wohnung und küsste ihn
stürmisch.

„Es ist zwar schade das Kleid wieder
auszuziehen, aber man muss Prioritäten
setzten!" sagte Manuel.

Dann öffnete er den Reißverschluss und
küsste meinen Nacken.

Als wir später wieder wach wurden, war es
schon dunkel.

Ich ging in die Küche um eine Flasche Wein
zu holen. Das Kleid lag immer noch im Flur.
Ich hob es auf und hängte es in den
Schrank.

Manuel und ich setzten uns auf eine
Sitzbank auf dem Balkon und zogen eine
Decke über unsere Beine.

Wir schauten in die Dunkelheit, als Manuel
plötzlich sagte:

„Weißt Du eigentlich wie gut Du mir tust. Ich
war schon seit Ewigkeiten nicht mehr so
glücklich."

„Ich kann auch nicht glauben, dass es mit uns so schnell geht. Eigentlich konnte ich Dich gar nicht leiden", antwortete ich und musste an unsere ersten Begegnungen denken.

„Seit dem Tod von Maria war ich mit keiner anderen Frau zusammen. Am Anfang war ich noch nicht bereit dazu, später hatte ich wegen der Firma keine Zeit."

Manuel klang sehr nachdenklich.

„Wann und woran ist denn Deine Frau gestorben? Oder möchtest Du nicht darüber sprechen?" fragte ich vorsichtig.

„Letzten Monat war es drei Jahre her. Meine Frau hat Selbstmord begangen!" sagte Manuel leise.

Ich schaute erschrocken zu ihm hinüber. Er sprach gleich weiter.

„Bei ihr trat schon kurz nach Antons Geburt eine Depression auf. Am Anfang nur sporadisch, später immer heftiger mit langen Perioden. Kurz vor ihrem Selbstmord war sie fast drei Monate in einer Klinik.

Wir hatten gehofft, dass sie es schaffen würde diese Krankheit zu überwinden. Als Anton in der Schule und ich im Büro waren, hat sie alle Tabletten genommen, die sie heimlich gesammelt hatte.

Als unsere Haushaltshilfe am Nachmittag zur Arbeit kam, war sie schon tot. Der Notarzt konnte nicht mehr helfen.

Ich war von Manuels Worten erschüttert. Er tat mir so leid.

„Und Anton? Hat er es denn mitbekommen?" fragte ich.

Manuel schüttelte den Kopf.

„Ich habe ihn von der Schule abgeholt und erstmal zu den Eltern meiner Frau gebracht. Die waren zwar schon informiert, haben aber auf Anton aufgepasst und ihm nichts gesagt. Das habe ich erst am nächsten Tag gemacht, als Maria bereits abgeholt worden war. Es wurde auch noch eine Obduktion gemacht, um festzustellen, ob sie nicht auf unnatürliche Art und Weise ums Leben gekommen ist."

„Das muss ja der blanke Horror gewesen sein!" sagte ich.

Manuel hatte Tränen in den Augen. Er nickte nur und ich fragte auch nicht weiter.

Wir saßen noch eine Weile engumschlungen auf dem Balkon. Als es zu kalt wurde gingen wir wieder ins Bett.

Kurz bevor mir die Augen zufielen, flüsterte Manuel.

„Ich glaube, ich bin verliebt!"

„Da hast Du Glück! Ich bin es nämlich auch!" antwortete ich und schlief glücklich ein.

Ich wurde gegen sechs Uhr wach, weil ich hörte wie Manuel aufstand. Ich kletterte nach einer Weile auch aus dem Bett und zog meinen Morgenmantel an.

Manuel war im Badezimmer und duschte. Als er zu mir in die Küche kam, lächelte er.

„Warum bist Du denn schon aufgestanden? Ich war extra leise, damit Du nicht wach wirst!" sagte er.

„Ich wollte einen Kaffee mit Dir trinken bevor Du gehst", antwortete ich.

„Zu mehr habe ich auch keine Zeit. Ich muss nochmal nach Hause und mich umziehen."

Manuel kam auf mich zu und umarmte mich zärtlich.

„Sehen wir uns heute Abend?" wollte ich wissen.

„Wir müssen die kinderfreie Zeit nutzen. Übermorgen kommen unsere Jungs wieder nach Hause!" antwortete Manuel und grinste.

„Leo wird nächste Woche von meinen Eltern abgeholt. Er wird den Rest der Ferien bei ihnen an der Ostsee verbringen", sagte ich.

„Vielleicht hat Anton ja auch Lust länger bei meiner Mutter zu bleiben. Ich werde ihn später anrufen."

Ich hatte uns einen Kaffee eingeschüttet. Manuel trank ihn im Stehen und verabschiedete sich mit einem intensiven Kuss von mir.

„Ich muss los. Ich rufe Dich später an und sage Dir, wann ich heute Abend zu Dir kommen kann."

Als Manuel gegangen war, holte ich mein Handy aus dem Wohnzimmer. Ich hoffte, dass Leo mir ein paar Fotos geschickt hatte.

Es waren tatsächlich einige Fotos angekommen. Die Aufnahmen vom Empire State Building waren atemberaubend.

Auf einem weiteren Foto war Leo zu sehen, wie er einen riesigen Burger verputzte.

Ich musste schmunzeln und war erleichtert, dass es Leo anscheinend sehr gut ging.

Da es noch sehr früh war, ging ich erst einmal duschen und räumte später die Wohnung auf.

Mittags ging ich in den nahegelegenen Supermarkt um einzukaufen. Ich wollte abends für Manuel und mich kochen.

Nachdem ich wieder zuhause war, rief ich meine Eltern an.

Meine Mutter ging auch gleich an den Apparat.

„Schumann!" meldete sie sich.

„Hallo Mama, ich bin es, Annika! Wie geht es Euch?" fragte ich.

„Hallo Schatz! Bei uns ist alles in Ordnung. Dein Vater und ich freuen uns schon sehr auf Leo!" antwortete meine Mutter.

Ich erzählte ihr, dass Leo, seitdem Matthias wieder allein lebte, jetzt regelmäßig bei seinem Vater war. Als sie hörte, dass Leo in New York ist, war sie überrascht.

„Ich finde es ja gut, dass Matthias sich endlich wieder um Leo kümmert, aber dass Du ihm erlaubt hast in diese gefährliche Stadt zu reisen, kann ich nicht verstehen."

„Ach Mama, ich könnte mit Leo doch so eine Reise nie machen. Wenn ich es ihm verboten hätte, dann wäre er sehr enttäuscht gewesen. Es sind ja auch nur vier Tage. Sonntag kommt er wieder zurück!" antwortete ich.

„Da hast Du wahrscheinlich Recht", sagte meine Mutter. „Wir kommen dann wie besprochen am Montagnachmittag. Wir übernachten in einer Pension bei Dir um die Ecke und fahren dann am Dienstag mit Leo zu uns."

„So machen wir das", antwortete ich. „Ich freue mich auf Euch!"

Nachdem ich mich von meiner Mutter verabschiedet hatte, versuchte ich Leo zu erreichen. Er müsste jetzt eigentlich wach sein. Durch die Zeitverschiebung musste ich erst einmal nachrechnen, wie spät es in New York war.

„Hallo Mama!" begrüßte mich Leo schon nach dem zweiten Klingelzeichen.

„Hallo mein Schatz! Wie geht es Dir? Habt ihr Spaß?" wollte ich wissen.

Aus Leo sprudelte es direkt heraus. Er wollte heute mit Matthias eine Radtour durch den Central Park machen und in den Tierpark.

Da die Beiden auf dem Sprung waren, konnte ich nur kurz mit Leo sprechen. Er versprach sich später nochmal zu melden.

Ich hatte kaum aufgelegt, da rief auch Manuel an.

Er hatte wenig Zeit, wollte mir aber mitteilen, dass er gegen neunzehn Uhr bei mir sein konnte.

Immer wenn ich seine Stimme hörte überkam mich ein großes Glücksgefühl.

Ich konnte selbst kaum glauben, dass ich mich so schnell verliebt hatte.

Am späten Nachmittag bereitete ich schon ein paar Dinge für das Abendessen vor. Es gab einen Salat mit Ziegenkäse als Vorspeise und Lachs im Blätterteigmantel als Hauptgericht. Da Manuel nicht gern Desserts aß, hatte ich darauf verzichtet.

Manuel kam etwas später als angekündigt, weil er noch ein Gespräch mit einem zukünftigen Mitarbeiter hatte.

„Entschuldige Annika, aber ich konnte den Termin nicht verschieben!" sagte er zur Begrüßung.

„Kein Problem! Hast Du Hunger?" fragte ich.

„Ich könnte Dich anknabbern!" antwortete Manuel. „Aber aus der Küche riecht es auch super!"

„Setzt Dich erstmal auf den Balkon und erhol Dich. Ich bringe Dir ein Glas Weißwein."

Manuel nickte. Er sah müde aus.

Ich holte den Wein und setzte mich zu ihm.

„Wie war Dein Tag?" fragte ich.

Manuel schaute überrascht.

„Das hat mich schon ewig keiner mehr gefragt. Es lief heute ganz gut. So langsam bekomme ich einen Überblick über die Situation. Morgen habe ich wieder einen Termin mit unserem Firmen Anwalt."

„Das hört sich doch gut an!" sagte ich und prostete Manuel zu.

Wir tranken einen Schluck und hingen beide unseren Gedanken nach.

Nach einer Weile sagte Manuel:

„Ich habe heute mit Anton gesprochen. Er fühlt sich sehr wohl bei meiner Mutter. Sie hat einen Hund, in den Anton total vernarrt ist. Er würde gern noch eine Weile dort bleiben."

Ich musste lächeln.

„Dann haben wir ja noch ein paar Tage für uns. Ich muss zwar ab Montag wieder arbeiten, aber Leo fährt am Dienstag dann mit meinen Eltern an die Ostsee", antwortete ich.

„Wann kommt Leo am Sonntag wieder?" fragte Manuel.

„Matthias bringt ihn am Nachmittag nach Hause. Dann kann ich Leos´ Koffer aus- und gleich wieder einpacken. Am Montag ist Leo dann am Vormittag allein. Nachmittags kommen meine Eltern. Dann werde ich am Abend keine Zeit haben."

Manuel nickte verständnisvoll.

„Darf ich Dich etwas fragen?" sagte er.

„Was möchtest Du denn wissen?" fragte ich.

„Meinst Du es ernst mit mir?"

Ich schaute Manuel entgeistert an.

„Natürlich! Glaubst Du, ich suche nur eine Affäre?" fragte ich unsicher.

Manuel suchte nach Worten.

„Ich bin so unsicher, was uns betrifft. Ich kann nicht glauben, dass ich Dich verdient habe", antwortete er.

Ich sah Manuel tief in die Augen.

„Ich bin keine Frau, die mit einem Mann spielt. Dazu habe ich selbst zu schlechte Erfahrungen gemacht. Meine Gefühle für Dich sind echt. Ich möchte mit Dir zusammen sein, wenn Du es auch willst!"

Manuel hatte Tränen in den Augen als er sagte:

„Ich hoffe so sehr, dass es mit uns klappt."

„Das liegt doch an uns!" antwortete ich.

Aber da sollte ich mich irren.

Manuel und ich verbrachten die Zeit bis Leo wieder nach Hause kam gemeinsam. Wir gingen zusammen schwimmen und Samstagabend ins Theater.

In der Nacht von Samstag auf Sonntag schlief Manuel nochmal bei mir. Am Sonntagmorgen nach dem Frühstück fuhr er wieder nach Hause. Wir wollten nicht, dass er und Matthias sich hier begegneten.

Manuel küsste mich lange zum Abschied.

„Du fehlst mir jetzt schon!" sagte er.

Mir ging es nicht anders. Aber ich freute mich auch schon sehr auf Leo.

Gegen fünfzehn Uhr klingelte jemand Sturm. Ich öffnete und ein fröhlicher Leo warf sich in meine Arme. Matthias stand hinter ihm und trug das Gepäck.

Leo plapperte direkt drauf los und wollte mir am liebsten gleich alles auf einmal erzählen.

„Leo, hol mal Luft!" sagte ich und lachte, weil er sofort den Mund wieder zumachte.

Matthias stellte den Koffer in den Flur und fragte:

„Hast Du noch einen Kaffee für mich?"

„Ich habe sogar einen Kuchen gebacken!" antwortete ich.

Am Esstisch redete Leo weiterhin wie ein Wasserfall. Er schien einen sehr schönen Kurzurlaub gehabt zu haben. Immer wieder zeigte er mir Fotos von den Dingen, die er mit seinem Vater unternommen hatte. Er aß ein riesiges Stück Kuchen und ging dann in sein Zimmer um auszupacken.

Ich unterhielt mich noch eine Weile mit Matthias und bedankte mich, dass er Leo diesen Urlaub ermöglicht hatte.

„Wir hatten einen tollen Urlaub. Ich habe es sehr genossen mit unserem Jungen die Zeit zu verbringen."

Dann nahm Matthias auf einmal meine Hand.

„Annika, gibt es denn wirklich keine Chance, dass Du zu mir zurückkommst?" fragte er.

Ich entzog ihm meine Hand.

„Du hast alles kaputt gemacht. Ich kann Dir nicht verzeihen und hätte immer Angst, dass sowas nochmal passiert!" antwortete ich.

Matthias schaute zerknirscht.

„Oder gibt es einen anderen?" fragte er plötzlich.

Ich wurde rot bis in die Haarspitzen.

„Da habe ich wohl den Nagel auf den Kopf getroffen!" sagte er spöttisch. „Leo weiß nichts davon, oder?"

Ich schüttelte den Kopf.

„Bitte verrate noch nichts. Ich möchte erst abwarten, wie sich alles entwickelt und es ihm dann selber sagen."

Matthias stand auf und ging zur Tür.

„Dann wünsche ich Dir viel Glück!" sagte er und verließ die Wohnung.

Ich ging zu Leo ins Kinderzimmer, weil ich ihm beim Auspacken helfen wollte.

Damit musste ich aber noch warten, denn Leo lag auf seinem Bett und schlief.

Ich schloss die Tür wieder leise und ging in die Küche.

Hier nahm ich das Geschirr und räumte es in die Spülmaschine. Den restlichen Kuchen stellte ich in den Kühlschrank.

Ich hatte auf einmal unheimliche Sehnsucht nach Manuel, deshalb ging ich in mein Schlafzimmer und öffnete den Kleiderschrank. Ich nahm das Kleid, das Manuel mir geschenkt hatte hinaus und strich über den kühlen Stoff. In diesem Moment war ich sehr glücklich.

Eine halbe Stunde später kam Leo verschlafen in die Küche. Er gähnte laut und holte sich eine Flasche Saft aus dem Kühlschrank.

„Ich freue mich, dass Du so eine schöne Zeit mit Deinem Vater hattest. Morgen Nachmittag kommen dann Oma und Opa. Freust Du Dich?" fragte ich.

Leo nickte. Er stellte das Glas auf den Tisch. Dann stand er auf und kam zu mir. Er drückte mich fest.

„Ich glaube Papa würde gern wieder mit uns zusammen leben. Er hat oft von früher erzählt", sagte er.

„Leo, das kommt für mich nicht infrage. Du weißt doch warum. Ich weiß, dass Du es Dir wünschst, aber ich kann nicht wieder zurück."

Leo nickte traurig.

„Komm wir packen Deinen Koffer aus. Dann müssen wir schon überlegen, was Du mit zu Oma und Opa nimmst", sagte ich.

„Diesmal müssen wir mehr Sachen einpacken. Aber Oma kann ja auch waschen, falls etwas schmutzig wird!" antwortete Leo. „Aber Badesachen muss ich unbedingt mitnehmen!"

„Jawohl Chef!" sagte ich und Leo musste lachen.

„Ich hab Dich lieb Mama!" sagte er.

Am nächsten Morgen musste ich wieder früh aufstehen. Mein Urlaub war vorbei.

Ich ließ Leo schlafen, stellte ihm aber alles für ein Frühstück auf den Tisch.

Wir hatten gestern vereinbart, dass er bis ich nach Hause kam, am Computer spielen durfte.

Nach der Arbeit beeilte ich mich nach Hause zu kommen. Am frühen Nachmittag wollten dann meine Eltern eintreffen.

Leo lag auf seinem Bett und las in einem Buch.

„Ich koche uns jetzt was Leckeres. Oma und Opa werden sicher auch bald da sein!" sagte ich.

Ich hatte gerade das Gemüse klein geschnitten, als es an der Tür klingelte.

Meine Eltern waren wie immer überpünktlich. Sie nahmen mich und Leo abwechselnd in den Arm und begrüßten uns herzlich.

„Du bist ja wieder gewachsen!" sagte mein Vater zu Leo und wuschelte ihm durch die Haare.

„Das sagst Du jedes Mal Opa!" antwortete Leo.

Mein Vater lachte.

„Was gibt es denn Leckeres? Es riecht phantastisch!" fragte er mich.

„Ich mache Kabeljau auf einem Gemüsebett. Ich weiß ja, das ihr gern Fisch esst!" antwortete ich.

Mein Vater zwinkerte mir zu und meine Mutter fragte:

„Kann ich Dir etwas helfen?"

„Möchtest Du schon mal den Tisch decken? Das Geschirr ist hier im Schrank, aber das weißt Du ja sicher noch!"

Meine Mutter lächelte und holte Teller und Gläser aus dem Schrank. Leo war mit meinem Vater in sein Zimmer gegangen.

„Geht es Dir gut Annika?" fragte meine Mutter.

„Ja, warum fragst Du?" wollte ich wissen.

„Du siehst verändert aus. Irgendwie entspannt und glücklich!"

Meiner Mutter konnte ich auch nach all den Jahren nichts vormachen. Sei merkte gleich, ob ich traurig oder glücklich war.

„Ich habe einen Mann kennengelernt. Ich bin verliebt!" antwortete ich. „Leo weiß aber noch nichts davon. Bitte sag ihm auch noch nichts. Es ist alles noch so frisch."

Meine Mutter nahm mich in den Arm.

„Du glaubst gar nicht, wie sehr ich mich für Dich freue. Nach deiner Scheidung haben wir uns Sorgen um Dich gemacht. Auch weil Du nie Hilfe von uns angenommen hast. Kommst Du denn zurecht? Auch finanziell?"

„Macht Euch keine Sorgen. Uns geht es ganz gut!" antwortete ich.

Nach dem Mittagessen ging mein Vater mit Leo auf den Bolzplatz.

Meine Mutter und ich setzten uns auf den Balkon und unterhielten uns.

„Was ist das denn für ein Mann, der Dir den Kopf verdreht hat?" fragte sie.

„Er heißt Manuel. Er hat auch einen Sohn. Seine Frau ist vor drei Jahren gestorben!"

„Ich wünsche Dir alles Glück der Welt und hoffe, dass er der Richtige ist!" sagte meine Mutter

„Das hoffe ich auch!" antwortete ich.

Am Abend fuhren meine Eltern zu der Pension, wo sie übernachten wollten. In meiner Wohnung war leider kein Platz.

Ich hatte mit Richard verabredet, dass ich am nächsten Tag erst um elf Uhr zur Arbeit kommen würde.

So konnte ich noch mit Leo und meinen Eltern frühstücken.

Wir brachten Leos´ Gepäck in ihr Auto. Dann verabschiedeten wir uns und ich musste zur Arbeit.

Ich blieb an diesem Tag bis zum Ladenschluss in der Buchhandlung.

So konnte Richard auch mal früher nach Hause gehen.

„Danke Schatz, das ist lieb von Dir. Ich habe da Jemanden kennen gelernt. Ein richtiges Schnuckelchen!" sagte Richard und schon war er verschwunden.

Es war einiges zu tun und so verging der Tag wie im Flug. Als ich abends meine Wohnungstür aufschloss, war ich müde und erschöpft.

Ich hatte es mir gerade auf der Couch gemütlich gemacht, da klingelte das Telefon.

Meine Eltern teilten mir mit, dass sie gut zuhause angekommen waren.

Leo wollte mir auch noch einen schönen Abend wünschen.

„Viel Spaß in den Ferien!" sagte ich, aber Leo hatte schon wieder aufgelegt.

Ich muss eingeschlafen sein, denn ich schrak hoch, weil es an der Tür klingelte.

Es war Manuel.

„Bist Du allein?" fragte er vorsichtig.

„Wir haben sturmfreie Bude!" antwortete ich und zog ihn in die Wohnung.

Die nächsten zehn Tage waren die schönsten meines Lebens. Manuel und ich verbrachten jede freie Minute miteinander und kamen uns immer näher. Manuel taute langsam auf. Er war nicht mehr so angespannt wie am Anfang und wir konnten die Finger nicht voneinander lassen.

An unserem vorerst letzten gemeinsamen Abend sagte er:

„Morgen hole ich Anton wieder nach Hause. Dann können wir uns nicht mehr so oft sehen. Ich möchte mir an Antons letzten Ferientagen Zeit für ihn nehmen."

„Das finde ich wundervoll. Anton und Dir wird die gemeinsame Zeit sehr gut tun."

Manuel nahm mich in den Arm.

„Irgendwann müssen wir es den Kindern sagen!" meinte er.

Ich nickte, hatte aber irgendwie Angst davor.

Manuel und ich sahen uns in den nächsten Tagen immer nur kurz. Wir telefonierten viel und ich freute mich, dass er wirklich viel mit Anton unternahm.

Am Wochenende, bevor die Schule wieder losging, brachten meine Eltern Leo wieder nach Hause. Er war braungebrannt und hatte sich gut erholt.

Am Montag hatte uns dann der Alltag wieder fest im Griff. Anton kam wieder öfter zu uns. Leo und er verstanden sich wirklich gut.

Ich hatte die Hoffnung, dass die Beiden es gut aufnehmen würden, wenn wir Ihnen die Wahrheit über uns erzählen würden.

Als Matthias Leo nach ihrem gemeinsamen Wochenende wieder zurück brachte, machte Leo ein wütendes Gesicht und lief direkt in sein Zimmer.

„Ist etwas passiert?" fragte ich ängstlich.

„Annika, es tut mir leid, aber ich habe mich verplappert. Leo hat wieder mal gefragt, ob wir wieder eine Familie sein könnten. Da habe ich ihm gesagt, dass Du Jemanden kennengelernt hast!" sagte Matthias kleinlaut.

Mir wurde heiß und meine Hände zitterten.

„So ein Mist! Ich wollte es ihm doch selbst sagen!" antwortete ich wütend.

Matthias schaute auf den Boden.

„Es tut mir leid!" sagte er.

Als Matthias gegangen war, klopfte ich vorsichtig an Leos´ Zimmertür.

„Lass mich in Ruhe!" schrie er. „Ich will Dich nicht sehen!"

„Wir müssen reden. Leo mach bitte die Tür auf!"

Es dauerte ein paar Minuten, dann öffnete er mit verweinten Augen die Zimmertür.

Ich setzte mich zu ihm auf das Bett und nahm seine Hand.

„Leo, ich habe mich in einen anderen Mann verliebt. Ich habe nicht damit gerechnet, dass mir so etwas nochmal passiert", sagte ich leise.

„Warum willst Du nicht mehr mit Papa zusammen sein? Er hat sich doch geändert!" schluchzte Leo.

„Weil ich ihn nicht mehr liebe. Er hat mich zu sehr enttäuscht. Kannst Du das denn nicht verstehen?" fragte ich.

Leo schüttelte energisch den Kopf.

„Es ist für Dich etwas anderes. Dein Papa wird immer dein Papa bleiben. Aber ich kann nicht zu ihm zurück!"

Leo nahm ein Taschentuch aus einer Schublade und schnäuzte sich laut.

„Ich will aber keinen neuen Vater!" sagte er.

„Das will ja auch keiner. Ich möchte nur wieder glücklich und nicht mehr allein sein."

„Du hast mich doch! Du bist nicht allein!" antwortete Leo bockig.

„Ich glaube heute willst Du mich nicht verstehen. Lass uns morgen darüber reden. Vielleicht sieht alles ganz anders aus, wenn Du eine Nacht darüber geschlafen hast!"

Ich gab Leo einen Kuss auf die Stirn und schloss die Tür hinter mir.

Mein Herz schlug bis zum Hals und meine Knie zitterten.

Diese Reaktion hatte ich nicht erwartet.

Als Leo endlich eingeschlafen war, rief ich Manuel an und erzählte ihm, war passiert war.

„Das tut mir so leid, aber da müssen wir jetzt durch. Ich werde morgen auch mit Anton sprechen. Ich möchte kein Versteckspiel mehr!"

„Ruf mich an, sobald Du mit Anton gesprochen hast. Ich drücke die Daumen, das er es besser aufnimmt!"

Mit der Reaktion unserer Kinder hatten Manuel und ich nicht gerechnet. Auch Anton war wütend auf seinen Vater, weil er keine neue Mutter wollte. Manuel erzählte mir am nächsten Abend, dass Anton ihn angeschrien und sich genau wie Leo in seinem Zimmer eingeschlossen hatte. Mit ihm war allerdings gar nicht mehr zu reden.

Ich nahm mir fest vor, in den nächsten Tagen noch einmal mit Leo zu sprechen. Vielleicht hatte er sich ja bis dahin etwas beruhigt.

Mitte der nächsten Woche unternahm ich einen weiteren Versuch mit Leo zu sprechen.

Es saß am Tisch und sprach während des Mittagessens kein einziges Wort mit mir.

„Warum bist Du denn so böse auf mich. Willst Du nicht, dass es mir gut geht?" fragte ich vorsichtig.

Leo schaute traurig von seinem Teller hoch.

„Bist Du denn nicht glücklich?" fragte er.

„Nicht so wie ich es sein könnte. Ich bin glücklich, wenn Du bei mir bist, aber ich brauche auch einen Mann der mich liebt", antwortete ich ehrlich.

„Wer ist denn der Mann? Hoffentlich ist er kein Idiot!" sagte er.

Ich musste schmunzeln.

„Du kennst ihn!" antwortete ich.

Leo kratzte sich am Kopf und überlegte.

„Es ist Antons Papa! Du hast ihn einmal gesehen, als Du bei Anton im Haus warst!" sagte ich.

Leo schaute ungläubig.

„Weiß es Anton schon? Er hat mir nichts gesagt!"

„Er weiß bisher noch nicht, dass ich die Freundin von seinem Papa bin. Manuel wird es ihm auch heute erzählen!"

Leo stand auf und ging ohne ein Wort in sein Zimmer. Auch am nächsten Morgen wollte er wieder nicht mit mir sprechen.

Er nahm seinen Rucksack und ging in die Schule. Ich blieb völlig ratlos zurück.

Es ging auch am nächsten Tag so weiter. Ich versuchte immer wieder mit Leo zu sprechen, aber er blockte ab. Manuel ging es mit Anton nicht besser.

Ich wollte am Wochenende etwas mit Leo unternehmen. Ich hoffte immer noch, dass er sich mit der Zeit beruhigen würde.

Als ich am Freitagnachmittag in der Wohnung ankam, hatte ich gleich ein komisches Gefühl. Leo war noch nicht von der Schule zurück, obwohl er schon längst zuhause sein müsste.

Ich versuchte ihn auf seinem Handy zu erreichen. Aber er ging nicht an sein Telefon.

Ich wollte ihm entgegengehen. Zuhause warten konnte ich nicht. Ich verließ das Haus und ging in Richtung seiner Schule.

Als ich dort ankam, war das Tor zum Gymnasium geschlossen. Hier war keiner mehr.

Ich versuchte erneut Leo anzurufen. Ohne Erfolg!

Auf dem Weg zurück nach Hause gingen mir tausend Dinge durch den Kopf. Hoffentlich war nichts passiert. Ich bekam Angst.

Zuhause war Leo immer noch nicht. Ich rief ihn nochmal an. Diesmal sprach ich auf die Mailbox.

„Leo, bitte melde Dich. Ich mache mir große Sorgen. Wo bist Du denn?"

Ich lief wie ein Tiger in der Wohnung hin und her. Vielleicht war er ja bei Anton!

Ich rief Manuel an, konnte ihn aber nicht erreichen. Auch ihm sprach ich auf die Mailbox und bat ihn, mich zurück zu rufen.

Zehn Minuten später tat er das auch.

„Hallo Annika! Was ist denn los? Du klingst so aufgeregt!" sagte er.

„Leo ist von der Schule nicht zurückgekommen! Weißt Du vielleicht, ob er bei Anton ist?" fragte ich.

„Anton redet nicht mehr mit mir!" sagte Manuel bitter. „Aber ich rufe gleich zuhause an und frage nach, ob die Beiden bei uns sind!"

„Sag mir bitte direkt Bescheid. Ich habe so ein ungutes Gefühl."

Manuel versprach sich sofort zu melden und legte auf.

Keine fünf Minuten später rief er zurück.

„Anton ist auch nicht von der Schule nach Hause gekommen. Die Beiden sind bestimmt gemeinsam unterwegs und haben die Zeit vergessen. Mach Dich nicht verrückt", versuchte Manuel mich zu beruhigen.

„Das hat Leo noch nie gemacht. Ich mache mir wirklich große Sorgen!" sagte ich.

„Ich habe nur noch einen Termin, dann melde ich mich nochmal bei Dir. Wenn Leo und Anton immer noch nicht aufgetaucht sind, dann komme ich sofort zu Dir."

Mir kamen die Tränen.

„Hoffentlich machen die Beiden keine Dummheiten!" antwortete ich.

Um achtzehn Uhr war Leo immer noch nicht wieder zuhause. Auch Anton blieb verschwunden.

Ich wollte Matthias anrufen um zu fragen, ob Leo bei ihm war, dann fiel mir ein, dass er gestern nach Malaysia geflogen war.

In der Zwischenzeit war Manuel bei mir eingetroffen. So langsam machte auch er sich Sorgen.

„Wenn Anton und Leo in den nächsten beiden Stunden nicht nach Hause kommen, dann rufe ich die Polizei an!" sagte er.

Ich musste weinen. Vor lauter Angst konnte ich keinen vernünftigen Gedanken fassen.

Manuel nahm mich in den Arm und wiegte mich hin und her.

„Es wird alles gut!" sagte er leise.

Wir versuchten immer wieder die Beiden auf ihren Handys anzurufen. Es meldeten sich weder Leo noch Anton.

Um zwanzig Uhr rief Manuel bei der Polizei an und berichtete einem Beamten, dass unsere Kinder nicht nach Hause gekommen waren.

Für eine Fahndung war es noch zu früh. Man vertröstete uns auf den nächsten Tag. Bis dahin sollten wir noch warten. Die Polizei ging davon aus, dass die Kinder bald wieder auftauchen würden.

Mir war schlecht vor Angst und Manuel konnte mich auch nicht beruhigen. Er machte sich selbst zu große Sorgen.

Manuel blieb bei mir. Wir schliefen beide nicht in dieser Nacht. Die Jungen blieben verschwunden. Am Morgen riefen wir erneut bei der Polizei an.

Am Vormittag kam ein Beamter vorbei und nahm ein Protokoll auf.

„Könnten Sie sich vorstellen, dass die Beiden vielleicht einfach weggelaufen sind?" fragte der Beamte. „Ist in der letzten Zeit etwas passiert, was die Jungen belastet?"

Manuel und ich sahen uns an. Wir wussten Beide was es war.

„Frau Weiler und ich sind seit ein paar Wochen ein Paar. Unsere Kinder akzeptieren das nicht.

Vielleicht wollen Sie uns durch diese Aktion bestrafen!" sagte Manuel.

Der Beamte nickte.

„Das wäre ein klassisches Motiv!" sagte er.

Trotzdem fragte er nach Fotos von Leo und Anton. Dann leitete er eine Vermissten-Fahndung ein.

„Wir müssen in alle Richtungen ermitteln. Aber bleiben sie ruhig. Wir finden ihre Kinder. Überlegen Sie bitte aber gemeinsam, wo die Jungen sein könnten!"

Er gab uns die Hand und verabschiedete sich.

Ich hatte mir schon den Kopf zermartert, wo Leo sein könnte. Auch Manuel hatte schon alle angerufen, die in Frage kamen.

Seine Mutter machte ihm schlimme Vorwürfe.

„Der Junge war immer allein. Nach dem Tod von Maria hättest Du Dich mehr um ihn kümmern müssen.

Und jetzt präsentierst Du ihm auch noch eine neue Frau!" hatte sie gesagt.

Ich ging in Leos Zimmer um noch einmal nach Hinweisen zu suchen, wo die Beiden sich versteckt haben könnten.

Auf dem Schreibtisch lag ein Fotoalbum. Ich nahm es und blätterte darin herum. Überall auf den Fotos schaute mich ein fröhlicher Leo an. Auf einem der Fotos sah man ihn, wie er Matthias dabei half, ein Baumhaus im Garten zu bauen. Mir kamen wieder die Tränen und dann wusste ich auf einmal, wo die Kinder sein könnten.

Da Matthias nicht zuhause war, war es möglich, dass die Beiden sich bei ihm im Garten versteckten.

Ich sagte gleich Manuel, was ich vermutete. Wir fuhren direkt zu dem Haus, in dem ich früher auch gelebt hatte.

Wir liefen durch den Garten zu dem Baumhaus.

Ich kletterte mit klopfendem Herzen die Leiter hinauf und öffnete die Bodenklappe. Dann schaute ich hinein und schluchzte vor Erleichterung.

Leo und Anton saßen auf dem Boden und spielten Karten. Als sie mich sahen erschraken beide fürchterlich. Ich kletterte in den Innenraum und setzte mich zu den Beiden.

„Leo, was macht Ihr denn für Sachen? Anton, Dein Vater und ich sind vor Sorge um Euch fast gestorben!" sagte ich leise.

Leo und Anton schauten zerknirscht auf den Boden.

„Wir kommen nicht mehr nach Hause. Wir wollen nicht, dass ihr zusammen seid!" antwortete Anton wütend.

„Ihr könnt doch nicht für immer hier im Baumhaus bleiben. Lasst uns erstmal nach Hause fahren. Dann sehen wir weiter. Wisst ihr eigentlich, dass die Polizei nach Euch sucht?"

Die Jungen schauten erschrocken.

„Anton, Dein Papa wartet unten. Er hatte solche Angst um Dich!" sagte ich.

„Das ist mir egal!" antwortete Anton bockig.

Leo stand auf und sah Anton an.

„Komm, wir fahren nach Hause. Meine Mama hat Recht!"

„Danke Leo. Holt Eure Sachen und dann fahren wir heim. Es wird alles gut!" sagte ich.

Ich kletterte nach unten und erzählte Manuel, dass ich die Beiden gefunden hatte. Ich konnte die Tränen der Erleichterung in seinen Augen sehen.

Nachdem die Jungen ihre Sachen zusammen gepackt hatten, brachte Manuel Leo und mich nach Hause. Er fuhr mit Anton gleich weiter.

Das war das letzte Mal, das ich Manuel gesehen habe.

2. Teil

„Kaum zu glauben, dass Du schon vierzig bist!" sagte Richard und gab mir einen Schmatzer auf die Wange.

„Danke Du Charmeur!" antwortete ich lachend.

„Richard hat Recht. Du bist eine tolle Frau!"

Thomas, Richards Lebensgefährte prostete mir zu.

„Wenn ich Euch nicht hätte!" antwortete ich und hob ebenfalls mein Glas.

Die Beiden waren die letzten Gäste meiner Geburtstagsfeier.

Obwohl ich schon lange nicht mehr in der Buchhandlung arbeitete, waren Richard und ich immer noch befreundet. Er hatte sich damals, nachdem Manuel sich nicht mehr gemeldet hatte, sehr um mich gekümmert.

Ich konnte es lange nicht verwinden, dass Manuel uns keine Chance gegeben hatte. Zu groß waren die Vorwürfe, die er sich wegen Anton gemacht hatte.

Ein paar Monate nach dem Verschwinden unserer Kinder waren er und Anton wieder zurück nach Berlin gezogen. Leo war lange Zeit sehr traurig, dass er seinen besten Freund verloren hatte.

Es war in den letzten acht Jahren viel passiert. Matthias und ich hatten es doch noch einmal miteinander versucht. Aber nach zwei Jahren mussten wir Beide einsehen, dass es keine gute Idee war.

Leo hatte die erneute Trennung besser aufgenommen, da er in dieser Zeit seine erste Freundin hatte und ihm andere Dinge wichtiger waren.

Dann waren meine Eltern innerhalb eines Jahres gestorben. Sie hatten mir ihr Haus an der Ostsee und eine stattliche Summe hinterlassen.

Das Haus am Meer verwaltete eine Maklerfirma für mich. Wir machten daraus ein Ferienhaus und ich kaufte mir von dem geerbten Geld eine Eigentumswohnung in Wiesbaden. Finanziell ging es mir gut.

Seit Anfang des Jahres studierte Leo in Frankfurt Medizin. Vor zwei Monaten war er dort in eine WG gezogen. Seitdem lebte ich allein.

„Es wird Zeit für einen Mann in Deinem Leben!"

Richards Worte holten mich zurück aus meinen Gedanken.

„Hast Du einen für mich?" fragte ich lachend.

Richard nahm mich in den Arm.

„Den musst Du schon selbst finden. Aber so wie Du aussiehst, müssten Dir die Kerle doch die Tür einrennen!"

„Darauf trinken wir!" sagte ich.

„Dann müssen wir aber auch langsam los", sagte Thomas.

Wir leerten die Gläser, dann machten sich Richard und Thomas auf den Heimweg.

Ich räumte noch das Geschirr in die Küche und ging dann unter die Dusche.

Die Feier war sehr schön gewesen. Alle Freunde und frühere Kollegen waren gekommen. Auch Matthias und seine Frau waren da. Er war seit letztem Jahr wieder verheiratet und wurde noch einmal Vater.

Ich konnte noch nicht schlafen. Deshalb setzte ich mich mit einem Glas Wasser auf die Terrasse. Es wurde schon langsam wieder hell. Man konnte die Sonne schon hinter der großen Buche erkennen.

Ich hatte mich direkt bei der ersten Besichtigung meiner Wohnung entschlossen, diese zu kaufen. Sie lag im Erdgeschoss eines modernen Hauses. Mich hatten vor allem die große Terrasse und der Blick ins Grüne überzeugt.

Ich seufzte und trank noch einen Schluck Wasser. Dann ging ich ins Bett.

In der nächsten Woche war Buchmesse in Leipzig. Ich hatte von Richard sein Ticket bekommen. Er hatte dieses Jahr keine Lust zur Messe zu fahren.

Ich hatte noch immer kein Auto. Deshalb fuhr ich mit dem Zug nach Leipzig. Ich hatte ein schönes Zimmer in einem Hotel, ganz in der Nähe des Messegeländes, gebucht.

Vom Bahnhof nahm ich ein Taxi und erreichte das Hotel am Nachmittag.

Nachdem ich meinen Koffer im Hotelzimmer ausgepackt hatte, legte ich mich kurz auf das Bett und überlegte, was ich bis zum Abendessen machen sollte.

Ich blätterte in einem Flyer des Hotels. Hier gab es ein Hallenbad und einen Wellnessbereich. Das war auch ein Grund, warum ich das Hotel gebucht hatte. Ich stand auf und holte meinen Badeanzug aus dem Schrank.

Im Badezimmer hing ein Bademantel. Den nahm ich vom Haken und fuhr mit dem Aufzug nach unten.

Im Wellnessbereich lief leise Musik und es roch herrlich nach ätherischen Ölen. Anscheinend gab es hier auch einen Saunabereich.

Eine junge Frau in einem weißen Kittel kam mir entgegen.

„Guten Tag. Mein Name ist Isabell. Möchten Sie vielleicht eine Wellnessbehandlung oder eine Massage?" fragte sie freundlich.

„Vielleicht später. Ich möchte erst ein paar Bahnen schwimmen", antwortete ich.

„Sehr gern. Ich bin hier vorne an der Information."

Sie zeigte zu einem Schreibtisch im hinteren Bereich des Raumes.

„Ich bringe Ihnen gleich noch Handtücher!" sagte sie und verschwand für kurze Zeit hinter einem Paravent.

Ich ging zu einer freien Liege und wartete bis Isabell mit den Handtüchern zurückkam.

In diesem Moment sprang jemand kopfüber in das Becken.

Ein Schwall Wasser schwappte auf meine Liege. Ich wurde pitschnass und schnappte nach Luft.

„Sind sie verrückt?" rief ich dem Mann zu, der jetzt wieder auftauchte.

Als er zum Beckenrand schwamm, erkannte ich ihn.

Es war Manuel!!

„Was machst Du denn hier?" fragte er und kletterte aus dem Becken.

Ich war so überrascht, dass ich erst gar nicht antworten konnte.

„Ich bin am Wochenende hier auf der Buchmesse!" stotterte ich.

In der Zwischenzeit war Isabell mit den Handtüchern bei meiner Liege angekommen.

„Ach Du liebe Güte. Sie sind ja total nass!" sagte sie erschrocken.

Ich nahm ihr die Handtücher ab.

„Irgendein Flegel hat einfach einen Kopfsprung ins Becken gemacht!" antwortete ich.

Manuel grinste und schaute zur Seite,

„Das tut mir leid. Brauchen Sie noch mehr Handtücher?" fragte Isabell.

Ich schüttelte den Kopf.

„Es ist alles in Ordnung. Vielen Dank!"

Manuel nahm mir ein Handtuch ab.

„Darf ich?" fragte er und dann rubbelte vorsichtig meine Haare trocken. Als er mich berührte war es wie früher.

„Danke!" sagte ich und musste mich erst einmal setzen.

Mein Herz klopfte wie wild.

Manuel setze sich neben mich auf die Liege.

„Ich kann es nicht glauben, dass wir uns hier wieder treffen. Was für ein Zufall!" sagte er.

„Was machst Du denn hier in Leipzig?" wollte ich wissen.

„Wir überlegen, ob wir hier in Ost-Deutschland eine weitere Niederlassung bauen!" sagte er.

„Wir?" fragte ich.

„Ich habe vor ein paar Jahren aus unserem Einzelunternehmen eine GmbH gemacht. Dadurch habe ich weniger Verantwortung und mehr Zeit. Anton hat mich damals sehr gebraucht."

Manuel schaute mir tief in die Augen.

„Wie geht es Dir denn?" fragte er.

„Mir geht es gut. Ich lebe weiterhin in Wiesbaden. Nur Leo ist mittlerweile ausgezogen. Er studiert in Frankfurt Medizin."

Manuel schaute erstaunt.

„Und wie geht es Anton?" wollte ich wissen.

„Das ist eine längere Geschichte!" sagte Manuel nachdenklich. „Hättest Du Lust mit mir später Essen zu gehen? Dann könnten wir über alles sprechen? Oder bist Du nicht allein hier?"

„Ich bin allein hier und ich würde gern mit Dir essen gehen. Wollen wir vielleicht erst ein paar Bahnen schwimmen. Ich muss erstmal verarbeiten, dass wir uns hier getroffen haben", sagte ich.

Manuel lächelte. Dann nickte er und erhob sich von der Liege.

„Aber diesmal ohne Kopfsprung!" sagte ich.

Am Abend machte ich mich zurecht. Ich zog ein enges Kleid und Pumps an. Als ich meine Haare zu einem Knoten hochgesteckt hatte, klopfte es an der Tür.

„Du siehst zauberhaft aus!" sagte Manuel zur Begrüßung. „Ich kann kaum glauben, dass acht Jahre vergangen sind!"

Manuel hatte eine Jeans und ein Sakko an. Er sah immer noch sehr attraktiv aus. Nur um die Augen hatten sich ein paar Fältchen eingegraben.

„Sollen wir gehen?" fragte ich.

Manuel nickte.

Ich nahm meine Handtasche und folgte ihm nach unten ins Foyer.

Vor der Tür stand ein Taxi. Wir fuhren in die Innenstadt von Leipzig, wo Manuel in einem Restaurant einen Tisch reserviert hatte.

„Ich war vorgestern schon einmal hier. Es gibt eine ausgezeichnete Küche", sagte er als wir vom Kellner an einen Tisch geführt wurden.

Es war ein sehr schönes Restaurant. Es gab viele kleine Nischen und geschmackvoll eingedeckte Tische.

Der Kellner brachte uns die Speisekarten und Manuel bestellte eine Flasche Wein.

Nachdem wir unsere Speisen bestellt hatten, entstand ein kurzer Moment, wo wir Beide nicht wussten, was wir sagen sollten. Es gab so viele Fragen, aber weder Manuel noch ich wollten den Anfang machen.

„Gibt es einen Mann in Deinem Leben?" fragte Manuel plötzlich.

Ich schüttelte den Kopf.

„Und bei Dir?" fragte ich aufgeregt.

„Nicht mehr! Ich war ein paar Monate mit einer Frau zusammen. Aber es passte nicht!" sagte Manuel bitter.

„Du wollest mir doch von Anton erzählen, oder ist es Dir unangenehm?"

Der Kellner brachte unsere Speisen und wir warteten bis er sich wieder entfernt hatte.

„Lass uns erst einmal essen. Guten Appetit!" sagte Manuel.

Ich merkte, dass er mit der Antwort noch abwarten wollte. Ich nahm mir vor, nicht noch einmal danach zu fragen.

Nachdem wir gegessen hatten, bestellte Manuel noch einen Kaffee für uns.

Plötzlich nahm er meine Hand.

„Ich erzähle Dir jetzt, was mit Anton los war. Es war eine schwierige Zeit. Er hat mir viel Kummer bereitet."

Ich schaute Manuel fragend an.

„Nachdem ich mich entschlossen hatte, dass ich mich mehr um Anton kümmern musste, wurde es mit ihm immer schlimmer. Er hat mir bei jeder Gelegenheit, wenn ihm etwas nicht passte, ein schlechtes Gewissen gemacht. Nachdem wir zurück nach Berlin gezogen sind, trieb er sich mit den falschen Freunden herum und war nur noch selten zuhause. In der Schule wurde er immer schlechter, so dass er eine Klasse wiederholen musste. Nachdem ich Drogen bei ihm gefunden hatte, musste ich die Notbremse ziehen. Ich habe Anton in ein Internat geschickt. Danach war unser Verhältnis noch schlechter. Selbst an den Wochenenden wollte er nicht nach Hause kommen."

„Das tut mir alles so furchtbar leid!" sagte ich und streichelte Manuel über die Hand.

„Er hat mir immer wieder vorgeworfen, dass ich ihn nur abschieben wollte. Aber das stimmt nicht. Ich hatte nur wahnsinnige Angst, dass er auf die schiefe Bahn kommt."

Manuel stöhnte leise und trank einen Schluck Kaffee.

„Irgendwann hatte Anton sich wieder gefangen. Das lag auch an einem Lehrer, dem wir viel zu verdanken haben. Er hatte immer ein offenes Ohr für Anton, hat ihm aber auch Grenzen aufgezeigt. Als Anton dann seine erste Freundin hatte, hat sich auch unser Verhältnis wieder gebessert."

„Das freut mich sehr. Ich kann mir vorstellen, was es für Dich bedeutet hat, dass Du so hilflos warst", sagte ich.

„Das war wirklich das Schlimmste. Ich hatte keinerlei Zugang mehr zu ihm. Aber jetzt geht es ihm gut. Er lebt jetzt mit seiner Freundin in England. Die Beiden studieren in London internationales Wirtschaftsrecht!" sagte Manuel stolz.

„Gott sei Dank!" antwortete ich.

„Ich brauche jetzt einen Schnaps!" sagte Manuel. „Möchtest Du auch einen?"

„Ich weiß nicht, ob einer reicht!" antwortete ich.

Manuel grinste und winkte dem Kellner.

Es war schon sehr spät, als wir wieder im Hotel ankamen. Manuel verabschiedete sich vor meiner Zimmertür und gab mir einen Kuss auf die Wange.

Nachdem ich die Tür hinter mir geschlossen hatte, musste ich erst einmal durchatmen. Ich war noch völlig durcheinander von dem, was Manuel erzählt hatte.

Ich ging unter die Dusche und legte mich dann ins Bett. Schlafen konnte ich lange nicht. Auch weil ich wusste, dass es Manuel nur ein paar Zimmer entfernt von mir, genau so ging.

Wir hatten uns für den nächsten Morgen zum Frühstück verabredet. Danach wollte ich zur Messe und Manuel zu seinem Termin mit einem Bauherrn. Hier in der Nähe von Leipzig sollte die große neue Niederlassung entstehen.

Wir waren Beide beim Frühstück sehr schweigsam.

Irgendwie hatten wir das Gefühl, dass alles gesagt war. Wie wäre wohl alles verlaufen, wenn wir doch zusammen geblieben wären. Eine Antwort darauf konnte uns keiner geben.

Auf der Buchmesse war es sehr voll. Überall standen die Besucher in langen Schlangen. Ich hatte Gelegenheit mir ein paar Bücher, die mich interessierten, anzuschauen und ich hatte ein längeres Gespräch mit einem Autor, den ich sehr verehrte.

Insgesamt hatte ich mir mehr davon versprochen und so fuhr ich nach drei Stunden wieder zurück ins Hotel.

Diesmal machte ich einen Termin zur Massage und ging anschließend in die Sauna. So langsam entspannte ich. Als ich mich später auf das Hotelbett legte, schlief ich auf der Stelle ein.

Ich wurde wach, weil es an meiner Zimmertür klopfte. Ich stand mühsam auf und öffnete vorsichtig, da ich nur einen Morgenmantel anhatte.

Als Manuel mich sah, grinste er.

„Du siehst sehr sexy aus mit Deinen zerzausten Haaren und dem durchsichtigen Outfit!"

Erst jetzt fiel mir ein, dass ich unter dem Morgenmantel nackt war.

„Komm rein!" flüsterte ich.

Dann ging ich an den Kleiderschrank und holte eine Jeans und eine Bluse heraus.

„Von mir aus brauchst Du Dich nicht umzuziehen!" sagte Manuel und musterte mich von oben bis unten.

Ich wurde rot.

„Dreh Dich um!" kommandierte ich.

Manuel lachte und ging zum Fenster. Er schaute hinaus und ich zog mich schnell an.

„Hast Du Lust, heute noch etwas mit mir zu unternehmen?" fragte Manuel. „Ich könnte Dir Leipzig zeigen. Ich war schon ein paarmal hier!""

„Warum nicht? Von mir aus kann es gleich losgehen!" antwortete ich.

Wir gingen in die Tiefgarage des Hotels. Hier hatte Manuel sein Auto abgestellt. Dann fuhren wir in die Innenstadt.

Manuel zeigte mir die Sehenswürdigkeiten wie die Nikolai Kirche oder das Gewandhaus. Dann spazierten wir durch das Waldstraßenviertel. Leipzig gefiel mir sehr.

Als uns langsam die Füße wehtaten, setzten wir uns in eines der gemütlichen Straßencafés.

Wir bestellten eine Kleinigkeit zu essen und eine Leipziger Gose, ein Bier das man nur hier bekam.

„Es ist wie in alten Zeiten!" sagte Manuel.

Er streichelte über meinen Arm und ich bekam eine Gänsehaut.

„Geht es Dir auch so wie mir? Ich möchte auf der Stelle mit Dir schlafen!" hauchte Manuel mir ins Ohr.

„Und was dann? Morgen werde ich wieder nach Hause fahren und Du bist ab nächster Woche wieder in Berlin", antwortete ich stattdessen.

Manuel schaute erst erstaunt und dann traurig.

„Ich war damals sehr enttäuscht, dass Du uns so schnell aufgegeben hast. Ich war sehr verliebt in Dich und hatte gehofft, dass es Dir auch so geht. Ich weiß nicht, ob wir jetzt einfach so weiter machen können!"

Ich nahm mein Glas und leerte es in einem Zug.

„Ich glaube, ich möchte jetzt gehen. Bleib Du ruhig noch hier. Ich finde allein ins Hotel. Danke für den schönen Tag!" sagte ich und stand auf.

Ich nahm meine Tasche und ließ einen völlig verwirrten Manuel zurück.

Am nächsten Morgen packte ich meine Sachen zusammen und bezahlte meine Hotelrechnung.

Ich wollte Manuel nicht nochmal über den Weg laufen und fuhr schon früh zum Bahnhof.

Als ich mich im Zug auf meinen Platz setzte, kamen mir die Tränen. Ich hatte plötzlich das Gefühl, einen großen Fehler zu machen. Aber ich hatte nicht den Mut mich noch einmal auf Manuel einzulassen.

Ich nahm eine Zeitung die Jemand auf dem Sitzplatz neben mir vergessen hatte und schlug sie auf.

Ich blätterte etwas darin herum und dann fiel mein Blick auf ein Foto. Manuel war darauf zu sehen, wie er mit anderen Männern auf einer Baustelle stand.

Der Unternehmer Manuel Seibold wird in Leipzig eine Tochtergesellschaft der SMP gründen. Das ist eine große Chance für die Region und bietet viele neue Arbeitsplätze.

„Du brichst mir nicht nochmal das Herz!"
sagte ich zu mir und legte die Zeitung zur
Seite.

3.Teil

Die Wochen nach der Begegnung mit
Manuel waren schwer für mich. Ich
versuchte mich abzulenken. Ich ging oft
schwimmen und besuchte Leo in Frankfurt.

Ich hatte Leo zum Essen eingeladen. Wir
trafen uns am Mainufer und gingen zuerst
spazieren.

„Alles okay Mama?" fragte Leo nach einer
Weile. „Du siehst so traurig aus."

Ich überlegte eine Weile, dann erzählte ich
ihm von meinem zufälligen Wiedersehen mit
Manuel.

„Wie war es für Dich? Hast Du immer noch
Gefühle für ihn?" fragte Leo.

„Ich habe nie aufgehört ihn zu lieben. Aber wir haben unsere Chance verpasst", antwortete ich bitter.

„Nein! Nicht ihr wart schuld, sondern Anton und ich. Ich habe schon sehr lange ein schlechtes Gewissen, das wir Euch damals auseinander gebracht haben! Ich möchte mich bei Dir entschuldigen", antwortete Leo.

Ich schaute erstaunt zu ihm hinüber. Das hatte ich nicht erwartet.

„Ich habe mich damals von Anton aufhetzten lassen.

Eigentlich fand ich seinen Vater sehr nett. Aber damals hatte ich immer noch gehofft, dass Du und Papa wieder zueinander findet."

Ich blieb stehen und nahm Leo in den Arm.

„Danke, dass Du mir das erzählt hast. Aber ich war nie böse auf Dich. Du warst ein Kind und hast auch so gehandelt."

Wir gingen eine Weile schweigend nebeneinander her.

Es war alles gesagt und ich war stolz auf Leo, dass er sich entschuldigt hatte.

Am späten Abend fuhr ich wieder mit dem Zug zurück nach Wiesbaden.

Ich hatte das Gefühl, dass mich Jemand beobachtete und schaute mich um.

Tatsächlich saß mir schräg gegenüber ein Mann, der mich unverhohlen anschaute. Als er merkte, dass ich ihn ertappt hatte, lächelte er.

Der Mann war in meinem Alter und sah sehr gut aus. Er war gepflegt gekleidet und hatte ein freundliches Gesicht.

Ich schaute aus dem Fenster und versuchte nicht nervös zu werden. Als wir in Wiesbaden in den Bahnhof einfuhren, stand ich auf und verließ das Abteil.

„Hallo junge Frau! Sie haben etwas vergessen!" hörte ich Jemanden rufen.

Ich drehte mich um und sah den Mann aus meinem Abteil auf mich zukommen.

Ich schaute ihn fragend an und er lächelte.

„Was habe ich denn vergessen?" wollte ich wissen.

„Sie haben vergessen mir ihre Handynummer zu geben!" antwortete er und reichte mir einen Zettel und einen Stift.

Ich war so perplex das ich Beides nahm. Dann musste ich lachen.

„Das war ja wohl die dreisteste Anmache, die ich je erlebt habe!" sagte ich.

„Ist sie denn auch erfolgreich?" fragte der Mann.

Ich nickte und schrieb ihm die Nummer auf.

Er nahm den Zettel und riss ein Stück davon ab. Dann schieb er etwas darauf und drückte mir den Papierschnipsel in die Hand.

„Bis bald!" sagte er und dann stieg er aus dem Zug.

Als ich auf dem Bahnsteig stand, nahm ich den Zettel und schaute nach, was der Mann geschrieben hatte.

Glauben Sie an Liebe auf den ersten Blick? Ich heiße Holger und rufe Sie an. Danke für Ihr Vertrauen.

Als ich Zuhause ankam, war ich mir nicht mehr sicher, ob es eine gute Idee war, diesem Holger meine Handynummer zu geben. Er hatte mich irgendwie überrumpelt.

An diesem Abend, aber auch an den nächsten Tagen meldete er sich nicht.

Ich hatte den Vorfall schon fast vergessen, als am nächsten Freitag mein Handy klingelte.

„Guten Tag! Mein Name ist Holger Neumann. Wir kennen uns aus dem Zug nach Wiesbaden. Sie haben mir freundlicherweise ihre Telefonnummer verraten!" sagte eine angenehme Stimme. „Darf ich Sie fragen wie Sie heißen?"

Ich war überrascht, dass Holger sich doch noch gemeldet hatte.

„Annika Weiler!" antwortete ich vorsichtig.

„Hallo Annika, ich freue mich sehr Sie kennen zu lernen. Sie brauchen keine Angst zu haben. Ich bin kein Psychopath oder Heiratsschwindler. Ich habe mich nur, als ich Sie im Zug gesehen habe, auf der Stelle in Sie verliebt!"

„Sie kennen mich doch gar nicht!" antwortete ich.

„Deshalb möchte ich Sie ja gern kennenlernen. Ich konnte mich jetzt erst melden, weil ich beruflich in Belgien zu tun hatte. Habe ich eine Chance, dass Sie mit mir essen gehen?" fragte Holger.

Ich überlegte eine Weile, als Holger sagte: „Bitte! Tun Sie mir den Gefallen!"

Warum sollte ich nicht mir diesem Mann essen gehen? Was sollte passieren? Im schlimmsten Fall war er ein Langweiler oder Angeber.

„Wo sollen wir uns treffen?" fragte ich.

„Wie wäre es morgen Abend um zwanzig Uhr vor dem Chez Pierre? Das ist ein französisches Restaurant in der Blumenstraße!" antwortete Holger.

„Ich kenne das Restaurant!" sagte ich. „Dann sehen wir uns morgen."

„Ich freue mich sehr. Ich wünsche Ihnen noch einen schönen Abend. Bis morgen!"

Nachdem ich aufgelegt hatte, merkte ich, dass ich mich auf diesen Holger freute.

Als ich mich am nächsten Abend umzog und mich im Badezimmer zurecht machte, war ich tatsächlich etwas nervös. Ich hatte noch nie eine Verabredung mit einem Mann, den ich eigentlich gar nicht kannte.

Holger wartete schon vor dem Restaurant als ich eintraf.

Er kam mir entgegen und überreichte mir eine Rose.

„Danke, dass Sie gekommen sind.

Ich hatte Angst, dass Sie doch noch absagen. Sie sehen übrigens wunderschön aus", sagte er.

Holger hatte einen legeren, wahrscheinlich sehr teuren Anzug an. Er sah sehr gut aus mit seinen grauen Strähnen in den dunklen Haaren. Er hatte stahlblaue Augen und ein sehr markantes Kinn.

„Vielen Dank für das Kompliment!" sagte ich.

Dann gingen wir in das Restaurant, wo Holger einen Kellner nach unserem Tisch fragte.

Nachdem wir Platz genommen hatten, sah mich Holger fragend an.

„Was möchten Sie trinken? Einen Champagner oder ein Glas Wein?"

Ich entschied mich für einen Weißwein. Holger bestellte das Gleiche.

Wir prosteten uns zu.

„Können wir uns vielleicht duzen?" fragte Holger.

„Sehr gerne!" antwortete ich und lächelte.

Holger reichte mir die Speisekarte.

„Ich kann Dir die Dorade empfehlen!" sagte er. „Die ist hier ausgezeichnet."

Ich wählte dann auch die vorgeschlagene Speise und war wirklich begeistert. Der Fisch war köstlich und die Unterhaltung mit Holger sehr angenehm.

Er war sehr zurückhaltend und schon nach kurzer Zeit fühlte ich mich sehr wohl in seiner Nähe.

„Was machst Du beruflich?" wollte ich von ihm wissen. „Du hast erzählt, dass Du in Belgien warst?"

Holger nickte.

„Das stimmt. Ich bin Juwelier und habe hier auf der Taunusstraße ein Geschäft. Ich war in Antwerpen um Diamanten zu kaufen", antwortete er.

Ich war beeindruckt.

Die Taunusstraße gehörte zu den nobelsten Adressen von Wiesbaden.

„Was machst Du Annika?" fragte Holger.

„Ich bin gelernte Buchhändlerin. Aber ich arbeite schon seit ein paar Jahren nicht mehr in diesem Beruf", antwortete ich.

„Bist Du geschieden?" wollte Holger wissen. „Ich habe keinen Ring an Deiner Hand gesehen. Sonst hätte ich Dich erst gar nicht angesprochen!"

Ich musste lächeln.

„Ja, ich bin schon seit ein paar Jahren geschieden. Und Du?" fragte ich.

„Ich war nie verheiratet. Meine langjährige Partnerin wollte unabhängig bleiben. Sie wollte auch keine Kinder. Wir haben uns vor einem Jahr getrennt. Wir hatten uns auseinander gelebt."

Er sah mir tief in die Augen.

„Hast Du Kinder?" fragte er.

„Ich habe einen Sohn. Leo ist schon fast zwanzig", antwortete ich.

„Rückblickend war es ein Fehler auf Kinder zu verzichten!" sagte Holger nachdenklich.

Ich nickte verständnisvoll.

Plötzlich nahm Holger meine Hand.

„Wie gefällt Dir der Abend?" fragte er. „Ich hoffe Du bist nicht enttäuscht."

Ich ließ meine Hand in seiner. Es fühlte sich gut an.

„Ich fühle mich gut und bereue nicht, dass ich mich mit Dir getroffen habe!" antwortete ich.

Holger atmete auf und schaute mich lange mit seinen blauen Augen an.

„Dann hoffe ich, dass es nicht das letzte Treffen war. Ich möchte Dich unbedingt wiedersehen!" sagte er.

Nach dem Restaurantbesuch bummelten wir noch durch die Fußgängerzone.

Irgendwann nahm Holger ganz selbstverständlich meine Hand. Mir wurde auf einmal bewusst, wie einsam ich doch die letzten Jahre gewesen war. Ich vermisste diese Vertrautheit und die Nähe zwischen mir und einem Mann. Bei Holger hatte ich das Gefühl, das wir in diesem Moment genau das Gleiche empfanden.

Als wir uns verabschiedeten, streichelte Holger mein Gesicht. Ich dachte er würde mich küssen, aber er zögerte.

„Du bist wunderschön Annika!" sagte er leise. „Darf ich Dich morgen anrufen?"

„Ich hoffe sehr, dass Du Dich wieder meldest!" sagte ich lächelnd.

„Darauf kannst Du wetten!" antwortete Holger.

Von diesem Tag an, trafen Holger und ich uns regelmäßig. Wir gingen essen, machten Ausflüge in die nähere Umgebung oder wir gingen ins Theater. Nur Schwimmen gehen wollte Holger nicht.

Er war als kleines Kind fast ertrunken und hatte seitdem Angst vor dem Wasser.

Ein paar Wochen später saßen wir wieder einmal auf meiner Terrasse. Ich las in einem Buch, als Holger von seiner Liege aufstand und zu mir kam. Er nahm mir das Buch aus der Hand und zog mich hoch. Dann küsste er mich lange und fragte leise:

„Meinst Du nicht, dass es langsam Zeit wird?"

Ich schaute in seine Augen und wusste, was er meinte.

Ich nahm seine Hand und ging mit Holger in mein Schlafzimmer. Er hatte Recht. Es wurde Zeit sich fallen zu lassen!

In der darauffolgenden Woche kam Leo zu Besuch. Ich hatte ihm von Holger erzählt und er freute sich für mich.

Holger wollte für uns grillen. Ich hatte auf der Terrasse schon den Tisch gedeckt, als Leo klingelte.

Immer, wenn ich Leo länger nicht gesehen hatte, war ich erstaunt wie erwachsen er geworden war. Er hatte mir einen Blumenstrauß mitgebracht. Wir gingen gemeinsam nach draußen.

Holger begrüßte Leo herzlich und stellte sich gleich mit ihm an den Grill.

Als ich die Blumen ins Wasser gestellt hatte, unterhielten sich Beide schon angeregt.

Es wurde ein schöner Abend. Ich war froh, dass Leo sich augenscheinlich gut mit Holger verstand.

Als Leo nach Hause fahren wollte, ging ich mit ihm noch nach draußen bis zu seinem Auto.

„Mama, darf ich Dich etwas fragen?"

„Natürlich Schatz! Was willst Du denn wissen" antwortete ich.

„Ich weiß nicht wie ich es sagen soll, aber ich habe das Gefühl, das Holger sehr eifersüchtig ist.

Er wollte vorhin von mir wissen, mit wem Du früher zusammen warst und ob Du Dich noch mit diesen Männern oder mit Papa triffst. Das finde ich komisch!"

„Da hast Du Recht. Das ist komisch. Warum fragt er mich nicht danach?" antwortete ich.

Wenn ich ehrlich zu mir war, dann war mir auch schon aufgefallen, dass Holger mich kontrollierte.

Einmal hatte ich ihn erwischt, wie er Nachrichten auf meinem Handy gelesen hatte. Er hatte mir dann erzählt, dass er dachte, es sei sein Handy. Er hätte es verwechselt und direkt weggelegt. Schon das kam mir komisch vor.

Ich verabschiedete mich von Leo und ging nachdenklich zurück in die Wohnung.

Ich nahm mir vor, Holger bei Gelegenheit auf diese Dinge anzusprechen.

Ein paar Tage später übernachtete ich bei Holger. Er hatte eine schöne Altbauwohnung am Stadtrand von Wiesbaden.

Holger brachte mir eine Tasse Kaffee ans Bett und legte plötzlich einen Umschlag vor mich auf die Bettdecke.

„Was ist das?" fragte ich.

„Mach den Umschlag auf. Es ist eine Überraschung!" antwortete Holger.

Er setzte sich zu mir auf die Bettkante und ich öffnete den Umschlag.

Holger hatte einen Flug nach Wien und ein Hotel für uns gebucht.

„Was sagst Du dazu?" fragte er gespannt.

„Ich freue mich, aber hättest Du mich nicht vorher fragen können? Mein Freund Richard hat in diesem Zeitraum Geburtstag und wir sind eingeladen. Ich hatte Dir doch den Termin genannt.", sagte ich.

„Der hat nächstes Jahr doch wieder Geburtstag und kann mal auf Dich verzichten. Außerdem stehe ich nicht so auf die Schwulenszene!" antwortete Holger.

Ich wusste nicht, ob er es ernst gemeint hatte. Trotzdem war ich wie vor den Kopf geschlagen.

„Richard ist schon seit Jahren einer meiner besten Freunde. Wenn Du Probleme damit hast, dass er schwul ist, dann ist das Dein Problem. Ich gehe zu der Feier! Versuch die Reise zu verschieben!" sagte ich wütend.

Ich sprang aus dem Bett und ging ins Badezimmer. Als ich wieder ins Schlafzimmer ging, um mich anzuziehen, war Holger verschwunden. Den Umschlag hatte er zerrissen und auf den Boden geworfen.

Ich nahm meine Sachen und verließ völlig durcheinander Holgers Wohnung.

In den nächsten Tagen hörte ich nichts von Holger.

Ich war immer noch wütend und versuchte mich abzulenken.

Es war wieder einmal Zeit schwimmen zu gehen. Nachdem ich meine Bahnen absolviert hatte, ging es mir besser.

Als ich vor dem Hallenbad mein Fahrrad auf den Bürgersteig schieben wollte, dachte ich kurz, Holger sei im Auto an mir vorbei gefahren. Da mich die Sonne blendete, konnte ich das Nummernschild nicht erkennen.

Ich schob den Gedanken beiseite und radelte nach Hause. Kurz überlegte ich, ob ich Holger anrufen sollte, entschied mich dann aber dagegen.

Als ich die Eingangstür zu dem Haus in dem ich wohnte aufschließen wollte, hatte ich das Gefühl, das mich Jemand beobachtet. Ich drehte mich um, konnte aber Niemand entdecken.

„Du siehst schon Gespenster!" sagte ich zu mir.

Aber das Gefühl, beobachtet zu werden, wurde ich auch in den nächsten Tagen nicht los.

Am Sonntag, als ich gerade gefrühstückt hatte, klingelte es an der Tür.

Durch die Kamera der Gegensprechanlage konnte ich Holger erkennen.

Ich ließ ihn ins Haus und öffnete die Wohnungstür.

„Darf ich reinkommen?" fragte Holger zerknirscht.

Ich trat zur Seite und ließ ihn in die Wohnung.

„Ich wollte mich bei Dir entschuldigen!" sagte er kleinlaut. „Aber ich war so enttäuscht, dass Du diesen Richard mir vorgezogen hast."

„Bist Du eifersüchtig auf meine Freunde?" fragte ich.

Holger wurde rot. Ich hatte den Nagel auf den Kopf getroffen.

Mir war natürlich schon aufgefallen, dass Holger kaum Freunde hatte. Nachdem seine Lebensgefährtin ihn verlassen hatte, war ihm nur noch ein alter Schulfreund geblieben.

„Möchtest Du einen Kaffee? Es ist doch etwas in der Kanne", sagte ich.

Wir gingen in meine Küche und ich holte eine Tasse aus dem Schrank.

„Ich habe die Reise übrigens komplett abgesagt!" sagte Holger schnippisch.

Ich ärgerte mich über seinen Ton und atmete erst einmal tief durch.

„Vielleicht sollten wir uns mal eine Weile nicht sehen. Ich muss mir klar darüber werden, wie es mit uns weitergehen soll!" sagte ich dann.

In diesem Moment nahm Holger seine Kaffeetasse und knallte sie gegen die Wand.

„Du hast doch einen anderen! Ich hab es gleich gewusst!" schrie er.

Ich war richtig geschockt von seiner Reaktion.

„Verlass meine Wohnung!" sagte ich laut, aber mir zitterten die Knie.

Holger hatte einen hochroten Kopf und seine hasserfüllten Augen machten mir Angst.

Ich ging zur Wohnungstür und öffnete sie.

„Raus hier!" rief ich.

Daraufhin ging Holger ohne ein weiteres Wort an mir vorbei ins Treppenhaus.

Als ich die Tür wieder schließen wollte, sah ich wie er sich noch einmal umdrehte.

„Das wirst Du noch bereuen!" sagte er.

 Dann rannte er die Treppe hinunter.

Mein Herz klopfte bis zum Hals. Ich hatte auf einmal Angst vor Holger. Zu was war er noch fähig?

Am Nachmittag rief ich meine Freundin Andrea an.

Wir hatten nur noch sporadisch Kontakt, seit sie vor fünf Jahren ihren Mann kennen gelernt hatte. In der Zwischenzeit hatte sie eine Tochter bekommen und war sehr glücklich.

„Kannst Du heute zu mir kommen?" fragte ich. „Es ist etwas passiert, das mir Angst macht!"

„Ich komme sofort. Ich warte nur bis Viktor nach Hause kommt. Er soll dann auf Lea aufpassen!" sagte Andrea.

Eine Stunde später klingelte Andrea an meiner Tür.

Wir nahmen uns zur Begrüßung in die Arme.

„Es ist schön, Dich wieder zu sehen!" sagte Andrea. „Es tut mir leid, dass ich mich so selten melde. Ich gelobe Besserung!"

„Das wäre schön!" antwortete ich. „Komm, wir gehen auf die Terrasse.

Ich holte eine Karaffe mit Wasser und eine weitere mit Saft und stellte sie auf den Gartentisch.

Kaum hatte ich mich neben Andrea gesetzt, da fragte sie gleich, warum ich Sie angerufen hatte.

Ich erzählte ihr von Holger und wie ich ihn kennengelernt hatte.

„Die ersten Wochen war ich sehr glücklich mit Holger. Aber er hat sich verändert. Er spioniert mir nach, reagiert extrem eifersüchtig und heute Morgen hat er mich sogar bedroht!" sagte ich

„Was hat er denn gemacht?" fragte Andrea erschrocken.

„Als ich ihm gesagt habe, dass ich etwas Abstand brauche, ist er ausgerastet. Er hat seine Tasse gegen die Wand geworfen und hat später gesagt, dass ich diese Entscheidung bereuen werde!" antwortete ich.

„Der spinnt doch. Nimmst Du das ernst?" fragte Andrea.

Ich nickte.

„Du hättest seine Augen sehen sollen. Ich habe richtig Angst bekommen. Zuerst ist es Leo aufgefallen, dass Holger mich kontrollierte. Er hat ihn nach meinen früheren Beziehungen ausgefragt und ob ich noch Kontakt zu diesem Männern hätte."

Andrea schüttelte den Kopf.

„Das hört sich nach extremer Eifersucht an. Willst Du etwas unternehmen?" fragte sie.

„Noch hat er ja nichts gemacht. Aber ich hatte die letzten Tage das Gefühl, dass mich Jemand beobachtet. Das habe ich mir nicht eingebildet!"

„Hat dieser Holger einen Wohnungsschlüssel?" fragte Andrea.

„Nein. Ich habe es bisher noch nicht geschafft einen Schlüssel nachmachen zu lassen!" sagte ich.

„Gott sei Dank! Du solltest aber die Terrassentür nicht offen stehen lassen. Man weiß ja nie!"

Ich erschrak und meine Hände zitterten plötzlich.

„Meinst Du er wird versuchen hier einzudringen?" fragte ich ängstlich.

„Vielleicht hat er sich schon wieder beruhigt, aber man weiß ja nie. Du solltest nur vorsichtig sein."

Nachdem Andrea sich verabschiedet hatte, verschloss ich die Terrassentür und auch die Wohnungstür.

In der Nacht schlief ich schlecht und träumte wirres Zeug. Am Morgen war ich dann wie gerädert.

Als Holger sich die nächsten Tage nicht meldete und ich auch sonst nicht merkte, dass mich Jemand beobachtete oder verfolgte, wurde ich ruhiger.

Das Wetter blieb unverändert schön und so setzte ich mich wieder ohne Angst auf die Terrasse.

Ich nahm ein Buch, das ich weiterlesen wollte und legte mich auf eine Gartenliege.

Plötzlich hörte ich ein Knacken aus dem Gebüsch, dass meine Terrasse von der Straße trennte.

Ich schrak hoch und sah wie Holger auf die Terrasse kam. Ich sprang von der Liege hoch und wollte zurück in die Wohnung. Aber Holger war schneller.

Er hielt mich an den Armen fest. Ich konnte mich nicht befreien.

„Was willst Du? Lass mich los. Du tust mir weh!" schrie ich.

Sein Griff lockerte sich nicht.

„Ich will mit Dir reden. Warum hast Du mich abserviert. Hast Du schon einen neuen Mann?" zischte er mir ins Ohr.

„Wie kommst Du darauf? Und selbst wenn es so wäre, geht es Dich gar nichts an!"

„Du hast mir nur was vorgemacht. Du bist wie alle anderen Weiber. Ihr seid alle falsche Schlangen!" sagte Holger hasserfüllt.

Und dann schlug er mir mit der flachen Hand ins Gesicht, so dass ich taumelte und gegen den Gartentisch fiel. Als ich am Boden lag, trat Holger mir in den Bauch.

Ich schrie vor Schmerzen.

In diesem Moment hörte ich die Stimme eines Nachbarn über mir.

„Frau Weiler ist alles in Ordnung? Ich habe alles mitbekommen und schon die Polizei gerufen!"

Ich konnte sehen wie Holger bei diesen Worten die Panik erfasste. Er verschwand schnell wieder durch das Gebüsch.

Ich versuchte mich aufzurappeln, denn mir tat alles weh. Mein Auge war durch den Schlag bereits zugeschwollen und ich konnte kaum sehen. Ich ging so schnell ich konnte in die Wohnung und verschloss die Terrassentür.

In der Zwischenzeit war mein Nachbar zu mir hinunter gelaufen.

Er klopfte an meine Tür.

„Frau Weiler, ich bin es, Herr Zoller. Darf ich hineinkommen?"

Ich öffnete die Tür und ließ ihn in die Wohnung.

„Du meine Güte. Sie sehen ja furchtbar aus!" sagte er.

Ich schaute in den Spiegel an der Garderobe und bekam einen Schreck. Mein Gesicht war geschwollen und meine Lippe blutete. Außerdem hatte ich starke Schmerzen am Handgelenk vom Sturz auf den Tisch.

„Wer war der Mann? Ein Einbrecher?" fragte mein Nachbar.

Ich schüttelte den Kopf. In diesem Moment klingelte es wieder an der Tür. Es war die Polizei.

Man brachte mich direkt ins Krankenhaus. Ich hatte einige Prellungen, eine geplatzte Lippe und mein linker Arm war gebrochen.

Nachdem ich versorgt worden war, hatten die Polizeibeamten einige Fragen an mich.

„Das war ihr Freund, der Ihnen das angetan hat?" fragte einer der Beamten.

Ich schilderte was vorgefallen war. Auch das Holger mich früher schon kontrolliert und beobachtet hatte.

„Ein typischer Fall von Stalking!"

Der zweite Polizist schrieb Holgers Namen und Adresse auf. Dann stutzte er und zeigte seine Notizen dem Kollegen.

„Den kennen wir doch! Das hat der Kerl nicht das erste Mal gemacht! Ich schreibe ihn gleich zur Fahndung aus!"

Dann brachte man mich wieder nach Hause. Als sich die Beamten verabschiedeten und ich wieder allein war, konnte ich endlich weinen.

Tränen liefen mir in Strömen über das Gesicht. Ich konnte mich gar nicht beruhigen.

Ich rief Richard an und erzählte ihm was passiert war. Er kam sofort.

„Danke Richard. Ich bin so froh, dass Du da bist!" sagte ich erleichtert.

„Komm, wir packen ein paar Sachen. Du wohnst erstmal bei uns!" sagte er. „Mit dem gebrochenen Arm kannst Du Dich sowieso nicht selbst versorgen!"

Als ich die Wohnungstür später hinter mir schloss, war ich nicht sicher, ob ich wieder zurückkommen würde. Der Schock war zu groß.

Ich wohnte ein paar Wochen bei Richard und Thomas im Gästezimmer. Irgendwann erfuhren wir von der Polizei, dass man Holger vorläufig festgenommen hatte. Ich war nicht die erste Frau, die er misshandelt hatte.

Seine letzte Lebensgefährtin war nicht einfach so ausgezogen, wie er mir erzählt hatte, sondern war von Holger ebenfalls über Wochen verfolgt und mehrfach misshandelt worden.

Ich hatte während meines Aufenthaltes bei Richard bereits einen Makler eingeschaltet. Ich konnte nicht zurück in die Wohnung wo Holger mich überfallen hatte.

Ich hatte Glück, denn die Wohnung konnte schnell verkauft werden.

Durch Zufall fand ich eine schöne, moderne Maisonette Wohnung in einem ruhigen Stadtteil von Wiesbaden.

Als ich den Briefkasten der alten Wohnung das letzte Mal leerte, fiel mir ein Brief von Holger in die Hand.

Ich konnte ihn erst eine Woche später öffnen. So lange hatte ich gebraucht, um meine Angst vor dem was in dem Brief stand, zu überwinden.

Holger hatte den Brief aus der Untersuchungshaft geschrieben.

Er entschuldigte sich für das, was er mir angetan hatte. Außerdem wollte er sich in eine Therapie begeben um seine Aggressionen in den Griff zu bekommen.

Ich zerriss den Brief und warf ihn in den Papierkorb. Ich wollte nie wieder etwas von diesem Mann hören.

4. Teil

„Möchtest Du wieder zur Buchmesse? Ich hätte noch ein Ticket übrig!" fragte mich Richard am Telefon.

Ich musste sofort an Manuel denken. Es war schon wieder ein Jahr vergangen, seit ich ihn in Leipzig getroffen hatte.

„Nein, diesmal nicht. Nächstes Wochenende kommt Leo mit seiner Freundin zu Besuch!" sagte ich.

Leo hatte Katharina vor ein paar Wochen kennengelernt und war sehr verliebt.

Am Sonntag wollte er sie mir vorstellen.

„Du musst aber mal wieder unter Leute!" sagte Richard. „Vielleicht lernst Du ja doch endlich einen netten unkomplizierten Mann kennen."

„Ich habe mich damit abgefunden, dass ich kein Glück mit Männern habe!" antwortete ich resigniert.

Ich merkte förmlich, wie Richard am anderen Ende des Telefons die Augen verdrehte.

„Annika, wenn ich nicht schwul wäre, dann würde ich Dich sofort schnappen, aber Du weißt ja…."

Ich musste lachen.

„Lass es gut sein. Ich behalte Dich lieber als besten Freund!" antwortete ich.

Am Sonntagvormittag backte ich einen Kuchen und konnte es kaum erwarten, dass Leo und seine Freundin endlich kamen.

Als es klingelte war ich tatsächlich nervös.

Dazu gab es aber gar keinen Grund. Katharina war ein sehr hübsches, natürliches Mädchen, das ich gleich ins Herz geschlossen hatte.

„Studierst Du auch Medizin?" fragte ich.

„Nein, ich arbeite in der Verwaltung bei der SMP!" antwortete Katharina.

Bei der Erwähnung von Manuels Firma klopfte mein Herz schneller.

Leo schaute mich von der Seite an.

„Also ist Dein Manuel praktisch Katharinas Chef!" sagte er und grinste.

„Mein Manuel! Wie sich das anhört!"

Ich schüttelte den Kopf.

„Wissen Sie, dass Herr Seibold wieder die Firma in Wiesbaden leitet?" fragte Katharina. „Die Niederlassungen in Berlin und Leipzig wurden verkauft."

Ich war wirklich überrascht.

Das hatte ich nicht mitbekommen, obwohl ich öfter die Wirtschaftsberichte der Zeitung las, in der Hoffnung etwas über Manuel zu erfahren.

Leo grinste.

„Das ist doch kein Zufall! Ich glaube Manuel will einfach wieder in Deiner Nähe sein!"

„Warum hat er sich denn dann noch nicht bei mir gemeldet?" fragte ich.

„Wie denn? Hat er Deine neue Handynummer?

Kennt er Deine neue Adresse? Kann er hellsehen?" fragte Leo und zwinkerte mir zu.

Katharina legte die Hand auf Leos´ Arm.

„Jetzt lass doch Deine Mutter in Ruhe. Erzähl ihr lieber, was Du vorhast!" sagte sie.

Ich schaute Leo fragend an.

„Ich habe mich endlich entschlossen, welche Fachrichtung ich nach dem Studium wählen werde!" antwortete Leo stolz.

Ich schaute überrascht.

„Ich werde Kinderarzt!" sagte er.

„Wirklich? Das finde ich toll. Kinder wieder gesund zu machen ist bestimmt eine unglaubliche erfüllende Aufgabe", sagte ich.

Mit fiel plötzlich eine andere Sache ein.

„Nächste Woche beginnt der Prozess gegen Holger!" sagte ich.

Leo schaute ernst.

„Soll ich Dich begleiten? Du hast doch sicher Angst diesen Kerl wieder zu sehen?" sagte er.

„Danke Leo, aber Andrea wird mich begleiten. Sie hat es mir gleich angeboten, als wir darüber gesprochen haben."

„Das ist gut. Hoffentlich sperren sie diesen Kerl für lange Zeit in den Knast!" antwortete Leo wütend.

Das hoffte ich auch!

Wir saßen noch lange zusammen. Es wurde ein schöner Abend.

Als Leo und Katharina sich verabschiedeten, nahm ich Beide in den Arm.

„Kommt gut nach Hause und kommt bald wieder zu Besuch!" sagte ich.

Als ich wieder allein war, musste ich daran denken, was Leo gesagt hatte.

Natürlich konnte Manuel mich nicht erreichen.

Er hatte weder meine Adresse noch kannte er meine neue Handynummer. Nachdem ich in Leipzig überstürzt abgereist war, hatte er keine Gelegenheit gehabt, mich danach zu fragen.

Sollte ich mich wieder bei ihm melden. Ich könnte in der Firma anrufen und mich verbinden lassen. Bei dem Gedanken daran wurde mir heiß.

Wie würde er reagieren, nachdem ich ihn in Leipzig so abserviert hatte. Vielleicht gab es auch eine neue Frau an seiner Seite.

Ich war hin- und hergerissen und ich hatte Angst, dass Manuel mich nicht mehr sehen wollte.

Am Mittwoch der nächsten Woche war der Prozess gegen Holger.

Ich musste schon früh im Gerichtssaal sein. Andrea begleitete mich und drückte meine Hand.

„Du schaffst das schon. Alles wird gut!" versuchte sie mich aufzumuntern.

Als man Holger in den Gerichtssaal brachte, klopfte mein Herz wie wild. Er setzte sich neben seinen Anwalt und schaute nur auf den Tisch vor sich.

Als ich aufgerufen wurde, meine Aussage zu machen, schaute er einmal kurz hoch. Ein zynisches Lächeln umspielte seine Lippen und ich wusste, dass sich dieser Mann niemals ändern würde.

Nach mir wurde Herr Zoller, mein früherer Nachbar, als Zeuge vernommen. Er bestätigte alle meine Angaben.

Als letzte Zeugin wurde eine frühere Lebensgefährtin von Holger aufgerufen. Sie schilderte wie er sie immer wieder unterdrückt und später auch regelmäßig geschlagen hatte.

Ich erfuhr auch erst an diesem Tag, dass Holger schon einmal auf der Anklagebank gesessen hatte. Er bekam damals eine Bewährungsstrafe.

Als wir endlich den Gerichtssaal verlassen konnten, fiel mir ein Stein vom Herzen. Andrea nahm mich in den Arm.

„Ich bin gespannt wie gleich das Urteil ausfallen wird!" sagte sie leise.

Es dauerte fast eine Stunde, bis wir wieder in den Gerichtssaal gerufen wurden.

Das Urteil fiel hart aber gerecht aus. Holger wurde wegen Körperverletzung in mehreren Fällen zu vier Jahren Gefängnis verurteilt.

Nachdem wir das Gerichtsgebäude verlassen hatten, konnte ich endlich aufatmen.

Andrea brachte mich nach Hause. Wir tranken noch gemeinsam eine Tasse Kaffee, dann musste sie wieder los.

Als ich wieder allein war, fiel die ganze Anspannung von mir ab. Ich musste auf einmal vor Erleichterung weinen.

Am Abend rief Leo an und fragte, wie der Prozess gelaufen war.

Auch er war erleichtert, dass Holger ins Gefängnis musste.

„Mama, ich hab mir mal etwas überlegt. Willst Du nicht mal Urlaub machen nach dem Stress der letzten Zeit? Du könntest doch an die Ostsee fahren. Vielleicht ist das Ferienhaus frei? Es sind ja keine Schulferien!" sagte er.

Ich überlegte nur kurz.

„Das ist eine geniale Idee. Ich rufe gleich morgen den Makler an, der die Vermietung übernommen hat!" antwortete ich. „Ich kann ja jederzeit meine Koffer packen."

Drei Wochen später war ich dann auf dem Weg an die Ostsee. Ich wollte bis Ende des Monats bleiben und den Aufenthalt vom Wetter abhängig machen.

Der Zug hielt in Kiel. Danach musste ich mit dem Bus weiterfahren.

Je näher ich dem Haus am Meer kam, umso aufgeregter wurde ich. Ich kannte ja das Haus von früheren Besuchen bei meinen Eltern. Vor allem der Garten war ein Traum.

Das Haus lag nur etwa zweihundert Meter entfernt von der Ostsee. Es gab im Ort einen kleinen Kutterhafen und einen Tante Emma Laden.

Die Bushaltestelle lag an der Hauptstraße mitten im Dorf. Ein Mann, der mit mir ausstieg, half mir mit dem Gepäck.

Schon nach kurzer Zeit hatte ich das Haus am Meer erreicht. Ich öffnete die Tür und schaute in den Flur.

Die Möbel meiner Eltern waren weitgehend einer modernen Einrichtung gewichen.

Nur hier und da stand noch ein Möbelstück, das ich von früher kannte.

Auch die Küche war ausgetauscht worden.

Ich wuchtete meinen Koffer in das Obergeschoss und wählte das Schlafzimmer mit Blick auf die Ostsee.

Ich setzte mich auf das Bett und schnaufte erstmal durch. Mein Blick schweifte durch den Raum. Hier hatte ich mich schon früher wohl gefühlt.

Ich musste an meine Eltern denken und ich wurde sehr traurig. Ich vermisste sie immer noch sehr.

Am Nachmittag besuchte ich den kleinen Friedhof im Ort und legte Blumen auf dem Grab meiner Eltern ab.

Anschließend lief ich auf dem Deich entlang und atmete tief durch. Ich konnte immer mehr verstehen, dass meine Eltern hier leben wollten.

Am Abend ging ich in den einzigen Gasthof im Ort um etwas zu essen und zuhause direkt ins Bett. Es war ein anstrengender Tag gewesen.

Ich genoss den Aufenthalt in vollen Zügen. Morgens schlief ich lange.

Dann machte ich ausgedehnte Spaziergänge und saß abends im Garten. Ich merkte mit jedem Tag, wie ich ruhiger wurde. Die Erinnerung an die letzten Monate verblasste bereits.

Ich war schon eine Woche an der Ostsee. Das Wetter war herrlich. Ich wollte am nächsten Tag nach Flensburg fahren.

Ich war früher sehr gerne dort. Es gab eine entzückende Altstadt und an der Förde zahlreiche Cafés und Restaurants.

Am Abend klopfte es plötzlich an der Haustür. Wer konnte das sein?

Ich öffnete die Tür. Dann blieb mir vor Überraschung die Luft weg.

Vor mir stand Manuel und lächelte mich an.

„Willst Du mich nicht reinlassen?" fragte er.

„Woher wusstest Du, dass ich hier bin?" stotterte ich. „Aber komm doch erstmal rein!"

Manuel folgte mir ins Haus. Ich konnte immer noch nicht glauben, dass er jetzt hier bei mir war.

„Kneif mich mal! Das kann doch alles nicht wahr sein!" sagte ich.

Manuel lächelte.

„Hast Du mal einen Schnaps für uns. Ich glaube vor allem Du brauchst einen!" antwortete er.

Ich ging zu einer Vitrine und holte eine Flasche Grappa heraus. Nachdem ich mit zitternden Fingern Manuel und mir ein Glas eingeschüttet hatte, prosteten wir uns zu.

„Sollen wir uns in den Garten setzen?" fragte ich, nachdem ich den Schnaps getrunken hatte. „Ich möchte jetzt endlich wissen, wie Du mich hier gefunden hast!"

Wir setzten uns auf die bequemen Gartenstühle. So langsam beruhigten sich meine Nerven.

„Ich habe schon länger versucht, Dich zu finden.

Aber da Du umgezogen warst und ich Deine Telefonnummer nicht hatte, war es fast unmöglich. Ich war oft im Hallenbad und hatte gehofft, Dich dort zu treffen. Es war ein großer Zufall, dass ich Leo vor vier Wochen auf dem Firmenparkplatz getroffen habe. Er wollte seine Freundin abholen. Sie arbeitet bei uns in der Verwaltung."

„Das gibt es doch gar nicht!" platzte es aus mir heraus.

„Ich habe Leo nicht gleich erkannt, aber er hat mich angesprochen!" antwortete Manuel.

Ich konnte es immer noch nicht richtig glauben, aber Manuel erzählte gleich weiter.

„Mit Leo habe ich seitdem Kontakt. Ich weiß, dass Du letztes Jahr große Probleme mit einem Mann hattest. Genaueres wollte mir Leo aber nicht sagen. Dann haben wir überlegt, wie und wann ich mich wieder bei Dir melden könnte. Leo hatte dann die Idee Dich hier an die Ostsee zu schicken. Die Adresse habe ich von ihm."

Manuel schaute mir tief in die Augen.

„Ist es Dir denn überhaupt Recht, dass ich hier bin?" fragte er.

Ich stand auf und zog Manuel aus dem Gartenstuhl. Dann schmiegte ich mich in seinen Arm und weinte vor Glück.

„Das werte ich mal als Einverständnis!" sagte Manuel und küsste mich zärtlich.

Am nächsten Tag holte Manuel seine Sachen aus einer Pension, in der er ein Zimmer gemietet hatte.

Wir verbrachten wunderschöne Tage am Meer und genossen es nach so langer Zeit wieder zusammen zu sein.

Während eines Spaziergangs sagte ich zu ihm:

„Warst Du in Leipzig sehr böse auf mich? Ich konnte damals nicht einfach zur Tagesordnung übergehen. Ich hatte Angst wieder enttäuscht zu werden!"

„Ich war nie böse, nur enttäuscht.

Als ich wieder in Berlin war, habe ich dann versucht Dich irgendwie zu erreichen. Dann kam der Verkauf der Niederlassungen dazwischen und ich habe wochenlang Tag und Nacht gearbeitet. Aber jetzt ist alles unter Dach und Fach. Ich bin froh, dass ich mich jetzt nur noch auf die Firma in Wiesbaden konzentrieren kann."

Manuel blieb stehen und küsste mich lange.

„Erzählst Du mir irgendwann, was dieser Mann mit Dir gemacht hat? Aber nur, wenn Du es wirklich willst!" sagte er.

Ich nickte und ging langsam weiter.

„Nicht heute, aber irgendwann sicher!" antwortete ich.

Manuel blieb zehn Tage bei mir im Ferienhaus. Dann musste er zurück in die Firma. Ich verbrachte noch eine weitere Woche an der Ostsee und packte dann auch meine Koffer.

Als ich am späten Abend auf dem Bahnhof in Wiesbaden ankam, holte mich Manuel ab und fuhr mich nach Hause.

Er hatte eine Flasche Champagner dabei. Nachdem ich das Gepäck im Schlafzimmer abgestellt hatte, setzen wir uns auf meine Couch und Manuel öffnete die Flasche.

„Gibt es etwas zu feiern?" fragte ich.

Manuel grinste und hob sein Glas.

„Wir stoßen jetzt auf mein erstes Enkelkind an! Ich werde Opa!" sagte er stolz.

„Wirklich? Das ist ja wunderbar. Wann ist es denn soweit?" fragte ich.

„Sarah, Antons Freundin ist im vierten Monat. Die Beiden werden in vier Wochen heiraten. Hast Du Lust mich nach London zu begleiten?"

Manuel schaute mich gespannt an.

„Ich weiß nicht, ob es Anton Recht sein wird. Vielleicht ist es ihm unangenehm!" antwortete ich.

„Er weiß, dass wir wieder zusammen sind und würde sich freuen, wenn Du auch bei der Hochzeit dabei bist."

„Dann komme ich sehr gern mit!" sagte ich.

Später als ich in Manuels Armen lag, hatte ich plötzlich das Bedürfnis ihm von Holger zu erzählen.

Es war nicht leicht für mich, über das Geschehene zu sprechen.

Ich berichtete Manuel, wie Holger und ich uns kennengelernt hatten und wie er sich später verändert hatte.

Nachdem ich ihm von den Schlägen und den Drohungen erzählt hatte, herrschte eine Weile Stille.

Dann küsste Manuel mich. Er atmete schwer, als er sagte:

„Das Schwein müsste man für immer wegsperren! Es tut mir so leid, dass Du so etwas erleben musstest!"

„Jetzt ist alles gut. Ich bin so glücklich, dass wir wieder zusammen sind", antwortete ich.

„Ich lass Dich nie wieder los!" antwortete Manuel.

Vier Wochen später saßen Manuel und ich im Flugzeug nach London.

Ich war nicht nur wegen des Fluges aufgeregt. Auch die Tatsache, dass ich Anton nach all den Jahren wiedersehen würde, machte mich nervös.

Nachdem wir gelandet waren, fuhren wir zu unserem Hotel.

Wir machten uns frisch und nahmen dann ein Taxi zu einem Restaurant, in dem wir uns mit Anton und seiner Freundin Sarah verabredet hatten.

Die Beiden saßen schon an einem Tisch in der Mitte des Restaurants. Anton entdeckte uns direkt und kam auf uns zu.

„Schön, dass ihr da seid!" sagte er.

Dann nahm er mich in den Arm.

„Ich bin sehr glücklich, dass Sie und mein Vater wieder zusammen sind"" flüsterte er mir ins Ohr.

„Danke Anton! Herzlichen Glückwunsch zu eurem Baby und sag doch bitte Annika zu mir."

Ich begrüßte Sarah, der man die Schwangerschaft schon ansah. Sie war ein sehr hübsches Mädchen mit einem wunderschönen Lächeln.

„Seid Ihr schon aufgeregt?" fragte ich.

Die Beiden nickten.

„Ich kann schon zwei Tagen nicht schlafen!" antwortet Sarah. Hoffentlich klappt alles. Morgen kommen auch meine Eltern."

„Wo wohnen Deine Eltern?" fragte ich.

„In Hamburg. Sie freuen sich auch schon sehr darauf Euch kennenzulernen."

Nach dem Essen verabschiedeten sich Anton und Sarah. Durch die Schwangerschaft und den schlechten Schlaf war Sarah sehr müde.

Manuel und ich schlenderten noch etwas durch London. Auch in der Dunkelheit war es hier wunderschön. Wir gingen Hand in Hand über die Tower Bridge und küssten uns.

„Lass uns zurück ins Hotel fahren! Ich möchte Dich überall anfassen. Das geht hier nicht in der Öffentlichkeit!" sagte Manuel und zwinkerte mir zu.

„Dann lass uns ein Taxi nehmen. Ich kann es kaum erwarten!" antwortete ich.

Die Hochzeit von Anton und Sarah war wunderschön und sehr feierlich.

Sarahs Mutter weinte bei der Trauung und ich musste auch tatsächlich eine Träne wegwischen.

Bei der anschließenden Feier waren dann auch Freunde und Kommilitonen von den Beiden dabei.

Am Abend verabschiedeten wir uns von allen und fuhren zurück zum Hotel. Unser Rückflug war schon am Vormittag des nächsten Tages.

Nachdem Manuel mich nach Hause gebracht hatte, fuhr er nochmal kurz in die Firma.

Am Abend holte er mich ab und wir fuhren in seine Villa.

In der Zeit, als er wieder in Berlin gelebt hatte, war sie vermietet worden. Jetzt wohnte er wieder selbst dort.

Als wir später auf der Couch saßen, nahm Manuel meine Hand.

„Könntest Du Dir vorstellen, hier bei mir zu wohnen? Du könntest Deine Wohnung vermieten oder verkaufen."

„Möchtest Du das wirklich?" fragte ich.

„Natürlich. Ich möchte Dich immer bei mir haben. Ich liebe Dich!"

„Dann fange ich ab morgen mal an die Umzugskartons zu packen!" sagte ich und kuschelte mich in Manuels Arme.

Ein paar Wochen nach meinem Umzug in Manuels Villa wollten wir endlich mal wieder gemeinsam schwimmen gehen.

„Das haben wir so lange nicht gemacht!" sagte Manuel, als wir am Becken standen.

Dann holte er hinter seinem Rücken eine Schmuckschatulle hervor. Er öffnete sie und zog einen wunderschönen Ring heraus.

Er kniete vor mir und sagte die magischen Worte.

„Willst Du meine Frau werden?"

Ich nickte glücklich und hauchte: „Ja, nichts lieber als das!"

Manuel steckte mir unter dem Applaus der anderen Badegäste den Ring an den Finger.

Dann schauten wir uns an und wussten was passieren würde.

Wir gingen an den Beckenrand und machten Beide einen Kopfsprung ins Wasser.

Es wurde auch ein Kopfsprung ins Glück!

Bibliografische Information der Deutschen Nationalbibliothek: Die Deutsche Nationalbibliothek verzeichnet diese Publikation in der Deutschen Nationalbibliografie; detaillierte bibliografische Daten sind im Internet über dnb.dnb.de abrufbar.

© 2022 Ira Fay
Herstellung und Verlag: BoD – Books on Demand, Norderstedt
ISBN: 9783756222124